Über dieses Buch und den Autor

Nach zwölf Jahren als Offizier der Bundeswehr zum Ende des Kalten Krieges, und nach vierundzwanzig Jahren als Geschäftsführer bei der Firma Liebherr, hat sich einiges angesammelt, das zusammen mit einem kurzen Blick in die familiäre Vorgeschichte erzählt wird: Zum Beispiel ein Tieffliegerangriff im Allgäu, eine Postkarte aus Jalta, Pilze sammeln mit dem Helikopter, ein verlorener Bundeswehrbergschuh in Österreich, Schuhplattler in Melbourne, ein Traktat über Blätterteigkekse, ein Verhör beim chinesischen Zoll in Tianjin, warten auf den Shinkansen in Japan, Freundschaft auf einem Schrottplatz in Buenos Aires oder Vertragsverhandlungen im Palast eines arabischen Scheichs.

Es sind Erinnerungen und Anekdoten von Mario Trunzer an seine Erlebnisse in der beruflichen Zeit, ergänzt um einige Episoden aus den Kinder- und Jugendtagen und den Wurzeln im Allgäu. Der Blick richtet sich auf Menschen, Kulturen und Momente. Humor und eine Prise Ironie, wo immer angebracht, würzen kleine Abenteuerreisen in die Geschichte und in ferne Länder ebenso wie in die nächste Umgebung. Ungewohnte Kulturen und erstaunliche Einblicke findet man nicht nur im Ausland.

Mario Trunzer

Besenstiel und China-Zoll

Fast keine Biografie, aber beinahe Memoiren
aus dem (Berufs) Leben eines Allgäuers

Inhalt

I

In gar nicht grauer Vorzeit

Kartoffeln

Die Spitfire zog von Nordosten kommend im Tiefflug von Bodelsberg in Richtung Westen über den Duracher Flugplatz. Lieutenant Wayne Parker vom IV. Squadron der zweiten taktischen britischen Luftflotte der Royal Air Force RAF wollte mit seinem Jagdflugzeug in einem großen Bogen südlich von Kempten wieder nach Norden abdrehen und an seinen Stützpunkt auf einem Behelfslandefeld nahe Vöhringen zurückkehren. Es reichte. Er hatte die Nase voll von diesen barbarischen Krautessern. Die Verteidigung der deutschen Wehrmacht brach in jenen sonnigen Apriltagen des Jahres 1945 schnell zusammen. Doch die erschütternden Erlebnisse der letzten Jahre, die aufwühlenden Beobachtungen der jüngsten Zeit mit den Volkssturmverrückten, den Fanatikern und die schaurigen Berichte seines besten Freundes John Wicks von der Befreiung des Konzentrationslagers Buchenwald zwei Wochen vorher hatten ihn nicht nur hart werden lassen, sondern einen unbändigen Zorn in ihm genährt. Einen Zorn auf diese verdammten Deutschen, diese elenden Zündler und Menschenverachter.

Er war allein unterwegs auf dieser Patrouille im Allgäu, sein Flügelmann war schon auf der Höhe von Memmingen wegen Motorproblemen umgekehrt und Parker wollte noch eine Runde in Richtung Berge drehen. Die Sicht war sensationell klar, die Berge leuchteten in weiß mit unglaublichem Kontrast vor dem blauen Himmel. Seine Stimmung war weniger gut. Er war bereit, auf alles zu schießen, was in irgendeiner Weise nach Wehrmacht aussah und sich am Boden bewegte. Am Himmel gab es schon lange keine Messerschmitts mehr, die er hätte runterholen können. Der Luftwaffe fehlte es massiv an einsatzfähigen Maschinen, Piloten und vor allem an Treibstoff. Die deutschen Jagdflieger mit ihren einstmals legendären Maschinen vom Typ Messerschmitt Bf 109 waren bereits Kriegsgeschichte. Es war Zeit, den Deutschen endlich den Garaus zu machen. Beinahe hätte es ihn bei einem dilettantischen Anschlag einiger unverbesserlicher Volksstürmer vor einigen Tagen selbst erwischt. So kurz vor dem Ende des Krieges.

Als der Krieg in sein furchtbares Endstadium ging, hatte Hitler die finale Idee, alle halbwegs gehfähigen Männer im Alter von sechzehn bis sechzig Jahren zur Waffe zu rufen, um mit irgendwelchen ausrangierten Karabinern den Heimatboden des Deutschen Reiches siegreich zu verteidigen. Diese bunt zusammengewürfelten Haufen nannte er Volkssturm und der sollte die regulären Wehrmachtstruppen verstärken. War der Krieg schon ein Albtraum, dann war das die Krönung. Wer wusste schon, wie viele unberechenbare Volkssturmfanatiker es unter diesen Deutschen da unten noch gab. Der Krieg hatte Wayne Parker zu hart gemacht. Härter als er war.

Acht Kartoffeln. Acht schöne gesunde runde große Kartoffeln. Artur, mein Vater, freute sich. Es war ihm gelungen, und nur Gott im Himmel wusste wie, von einem Bauernhof in Miesenbach bei Kottern in der Nähe von Kempten, acht große schöne Kartoffeln zu hamstern. Es war ihm schon klar, dass dieser sensationelle Hamstercoup nicht der Überredungs- und Bettel- oder Argumentationskunst eines Vierzehnjährigen zuzuschreiben war und vielleicht auch nicht dem herzzerreißenden Hungerwimmern seines kleinen Bruders, der da zusammengekauert in einem Leiterwagen saß und das Häufchen Elend, das er im Anblick bot, nicht mal spielen musste. Er wusste nicht, warum sie so ein unverschämtes Glück hatten. Acht gesunde reife Kartoffeln. Von einer sanftmütigen Bauersfrau. Wo gab es denn so etwas im April 1945 in Deutschland. Und dann noch hier im Allgäu, wo eh kaum Ackerbau war.

Fröhlich, beinahe in Hochstimmung zog er den Leiterwagen Richtung Kottern, drin saß zufrieden sein kleiner Bruder, die Kartoffeln wie einen Schatz hütend.

Gerade als die Spitfire über das Duracher Flugfeld zog, dort wo Heinz Rühmann in glanzvolleren tausendjährigen Reichszeiten den Film „Quax, der Bruchpilot" gedreht hatte, gerade in diesem Moment hörte Artur das Brummen der 1650 Pferdestärken des Rolls Royce Merlin 63 Motors der Spitfire. Zwar noch fern aber deutlich. Er kannte das

Geräusch, diesen Sound des leistungsstärksten Jagdflug-
zeuges der britischen Luftstreitkräfte im 2. Weltkrieg, ein
hubraumlastiges Blubbern, so satt, so stark und gleichzeitig
verhasst. Seine Eltern hatten immer wieder davon gesprochen, dass der Krieg nun bald vorbei wäre, aber dass wahrscheinlich nichts gleich besser sein würde, und dass vor
allem dieser lästige Hunger nicht so schnell verschwinden
sollte. Was musste dieser vermaledeite Flieger gerade jetzt
kommen. Artur begann schneller zu gehen und mit dem
Näherkommen des Motorengeräusches rannte er. Immer
schneller.

Der Leiterwagen begann zu schlingern, sein Bruder fing
an zu heulen, und Lieutenant Parker entsicherte seine vier
Browning M1919 Bordmaschinengewehre, da er voraus
eine flüchtende Gestalt wahrnahm, die irgendetwas in einem Wagen transportierte. War das Munition? Leute vom
Volkssturm? Genaues war nicht zu erkennen. Er war auch
viel zu schnell, um lange über Details nachzudenken. Ganz
egal, er hatte genug von diesen Deutschen, diesen Barba-
ren, diesen Verrückten und so drückte er die Entriegelung
der Bord MGs und feuerte.

Als mein Vater die Schüsse hörte, war er schon in vollem Lauf mit dem Leiterwagen in eine Buschreihe am parallel zum Weg verlaufenden Heubach eingebogen, um in
Deckung zu gehen. Der Wagen kippte, sein Bruder kullerte
raus und die Kartoffeln wurden ins Wasser katapultiert,
während die beiden Buben unter dem Laubwerk ver-
schwanden und mit weit aufgerissenen Augen, den Atem
anhaltend, die Maschinengewehrsalven entlang des Weges
verfolgten. Die aufschlagenden Projektile zeichneten dort,

wo die glücklichen Knaben kurz zuvor noch unterwegs gewesen waren, eine saubere Naht in den Schotter. Es spritzte lustig wie beim Hagelwetter. Nach zehn Sekunden war alles vorbei, die Kartoffeln verloren und niemand mehr glücklich.

Den Kindern war nichts passiert, der Leiterwagen blieb heil, doch das Schlimmste war, dass es jetzt nichts zu essen gab.

Arturs Mutter war die letzten Monate vollauf damit beschäftigt gewesen, den Hunger ihrer fünf Buben ständig unzureichend zu stillen. Ihrem Mann, dessen unerschütterliches, patriarchales Selbstbewusstsein im diametralen Gegensatz stand zu seiner Position als Zugschaffner, war das regelmäßig ziemlich egal. Er brachte immer schon zu wenig Geld nach Hause, auch weil er von seinem bescheidenen Salär bei der Deutschen Reichsbahn einen gehörigen Batzen im Kotterner Gasthaus „Stiefel" liegen ließ, wo er sich mit seinen Freunden der Ringergemeinschaft Kottern regelmäßig traf. Und seine Frau konnte zusehen, wie sie die fünf Kindermäuler halbwegs stopfte. Es reichte nie. Hinten und vorne nicht.

Ihr ältester Sohn Artur musste also mit ran, und die Hamstertouren zu den hiesigen Bauern waren elementarer Bestandteil des familiären Verpflegungskonzepts. Ein brüchiges Konzept. Vor allem dann, wenn der Junge, so wie jetzt, vollkommen aufgelöst heimkam mit seinem heulenden Bruder im Schlepptau und irgendwas von einem Fliegerangriff erzählte. Jeder wusste, dass die Amerikaner bald da sein würden und die Wehrmacht war hier im Allgäu eh nur noch ein Schatten ihrer selbst. Wo sollte da noch ein

Flieger angreifen. Es gab doch gar keinen Grund mehr. Außerdem greift kein Jagdflieger zwei Kinder an, die einen Leiterwagen ziehen. Was für eine saublöde Ausrede.

„Dann muasch halt hungra. I hau nix." Dann müsse er eben hungern. Sie habe nichts.

Mit diesen Worten versetzte sie ihm eine Schelln, auch Watschn oder Ohrfeige genannt, angesichts seiner Unfähigkeit, Nahrung zu organisieren.

Artur fand das außerordentlich roh von der Mutter. Von der Muattr, wie er sie nannte, war er noch nie mit wenigstens durchschnittlicher Mutterliebe überhäuft worden. Das hatte er auch jetzt nicht erwartet. Doch eine Schelln-Watschn wollte nach einem überlebten Fliegerangriff, den sie ihm zudem nicht abnahm, auch erst mal verkraftet sein. Und der Hunger blieb.

„I hau nix. I ka it alle durchfuattra."

Damit meinte seine Mutter ein knappes Jahr später, dass es immer noch nicht genug zu essen gäbe für alle, vor allem nicht für die fünf stets hungrigen Buben.

Artur war der Älteste und musste mit seinen fünfzehn Lenzen im Frühjahr 1946 dorthin gehen, wo seinerzeit die Spitfire nach Westen abgedreht hatte und später auf ihn zugeflogen war. Die Eltern schickten ihn nach Bodelsberg, einem kleinen Dorf etwa zehn Kilometer östlich seines Wohnortes zu den Bauern als Hütebub. Essen gegen Arbeit und ein hungriges Kind weniger im Haus. So war der Plan und der war seinerzeit naheliegend. Heutzutage würde man seine Eltern schnell als herzlos verurteilen. Rabeneltern eben. Aber wie heißt es so schön: Von nichts kommt nichts. Im Positiven wie im Fragwürdigen.

Arturs Mutter wuchs als uneheliches Kind in einfachsten Verhältnissen auf. Und unehelich war im frühen zwanzigsten Jahrhundert ein echtes Stigma. Ihr Mann Josef kam aus einer Tagelöhnerfamilie aus dem hintersten Allgäuer Winkel und lebte stets von der Hand in den Mund. Da liegt die Vermutung eines liebenswürdigen Familienklimas und behüteten Aufwachsens nicht unbedingt nahe.

Die Ernährungslage war in jenem Frühjahr generell schlecht in Deutschland und für einen einfachen Eisenbahnerhaushalt ohne eigene Scholle oder Garten im Allgäu eher schlechter. Auch wenn sein Zuhause nicht jenes Heim war, das man sich gerne als ein geborgenes Elternhaus vorstellt, so war es doch das Beste, was er hatte und was seine Eltern ihm geben konnten. Schweren Herzens warf er das Bündel, das ihm seine Mutter gepackt hatte, über die Schulter und verließ sein Elternhaus im ehemaligen Kotterner Schulgebäude in der Industriestraße oberhalb einer Textilfabrik direkt an der Iller. Zum Heulen war ihm zumute. Aber mit fünfzehn Jahren zeigt ein Indianer keinen Schmerz.

Nach der vierten Absage der Bodelsberger Bauern heulte er wie ein Schlosshund am späten Nachmittag dieses unseligen Tages. Er war hundemüde, hungrig und verzweifelt und es war bereits dunkel, als sich schließlich einer erbarmte und ihn im Heu schlafen ließ. So begann der vielversprechende Berufseinstieg des fünfzehnjährigen Artur als Hirte und Jungknecht. Keine Berufserkundung, keine Berufsfindungstage und die Schnupperlehre fand neben der Güllegrube statt. Da saß er dann auf der Wiese, überwachte das Vieh und steckte seine nackten Füße in den warmen Kuhmist während der Maitage, als die Eisheiligen ihrem Namen alle Ehre machten und ihn bei drei Grad zittern ließen. Warmer Kuhmist kann echter Fortschritt sein und erzeugt ein geborgenes Funktionsbekleidungsklima, wenn das eigene Schuhwerk löchrig und zerschlissen ist. Eine willkommene warme Scheiße, in der er steckte.

So ein Mist, dachte er sich nach einigen Wochen. Hier wird nichts aus mir. So will ich nicht leben. Nach vier Monaten hatte er eine Entscheidung getroffen und ging zurück nach Kottern.

Die Begrüßung seiner Mutter fiel herzlich abweisend aus.

„Was willsch duuuh denn doh. I hau nix zum essa."

Dieser unzureichende Verpflegungsstatus war ihm bestens vertraut. Und auch in anderer Hinsicht sah es nicht gerade rosig aus, denn an einen weiterführenden Schulbesuch war unter diesem Dach nicht zu denken. Und er hätte gerne noch das Abitur gemacht.

So ging der Bub in die Stadt, sollte Geld verdienen, klapperte alle möglichen Firmen und Betriebe nach einer Lehrstelle oder Beschäftigungsmöglichkeit ab und landete schließlich im November 1946 bei der Druckerei Philipp Mark als Buchdruckerlehrling. Das war weitaus besser als jeder noch so wunderbar funktionell warme Kuhmist. Höchst willkommen war natürlich auch die monatliche Lehrvergütung. So gab es im ersten Lehrjahr fünfundzwanzig Mark im Monat mit der Aussicht auf jährliche

Steigerungen um zehn Mark in den folgenden beiden Lehr-
jahren.

Es gelang. Und doch war es nicht das, was er dauerhaft
wollte. Irgendwann kam er mit der Zeitung in Berührung
und mit der Schriftsetzerei. So gab es 1950 die Chance
zum örtlichen Zeitungsverlag zu wechseln und als Schrift-
setzergeselle zu arbeiten. Zeitung machen, jeden Tag, immer aktuell und eingebunden in einen größeren Betrieb.
Das klang verheißungsvoll. Den Arbeitsvertrag bei der
Zeitung „Der Allgäuer" hatte für den Betrieb sein zukünf-
tiger Abteilungsleiter Petz unterschrieben. Er war derjenige, der ihn später maßgeblich fördern sollte und letztlich
die Saat für nachhaltigen beruflichen Erfolg legte.

„Junge, du musst auf die Meisterschule gehen", war sein
Mantra.

Irgendwann fruchtete es bei Artur und trotz zweier kleiner Kinder und trotz der lästernden Bemerkungen seiner
Kletter- und Skifreunde, ob er denn jetzt oder dann oder
irgendwann etwas Besseres werden wolle, zog er das
durch.

Im Leben gibt es meist nur einige wenige Momente, die
entscheidend sind. Momente oder Umstände, die mit wichtigen Weichenstellungen verbunden sind und in denen
andere Menschen eine erhebliche Rolle spielen, sei es als
Förderer oder als Mutmacher. Verpasst man den Moment
oder nimmt ihn nicht wahr und lässt ihn ungenutzt ver-
streichen, dann ist er selten nachholbar.

Viele erfolgreiche Menschen würden sich ihren Erfolg
wahrscheinlich vor allem ihrer eigenen Genialität und Leis-

tungskraft, ihrem Erfolgswillen und ihrem Durchhaltever-
mögen zuschreiben. Daher der Spruch, man sei seines
eigenen Glückes Schmied. Zweifellos wird es ohne diese
Eigenschaften kaum gelingen. Wer aber die Macht der
glücklichen Fügung und den Einfluss des rechten Förde-
rers zur rechten Zeit außer Acht lässt, der verkennt die
Bedeutung der Vielgestaltigkeit des Lebens. Ganz gleich,
ob man das mit Glück oder Fortune umschreibt, es gehört
unbedingt in die Rezeptur für ein gelingendes Leben und
ist gleichwohl oft wenig beeinflussbar.

Bei Artur war dieser Vorgesetzte ein segensreicher Förderer und mein Vater nahm die Hilfe bereitwillig an. Nach
seinem Meisterabschluss wurde er in den späten Sechzigern Setzereileiter und viele Jahre danach Produktionsleiter
für die Zeitungsherstellung. Keinem Menschen ohne Studium und schon gar keinem Menschen ohne Abitur sollte
später diese Position offenstehen. Artur war damals der
Richtige dafür. Schließlich durfte er dann in den letzten
Berufsjahren sogar noch den gewaltigen Schritt vom Bleisatz zum Fotosatz mitmachen.

Beim Bleisatz wurde an der Setzmaschine über eine
schreibmaschinenähnliche Tastatur der zu setzende Text
eingegeben. Bei jedem Buchstaben fiel aus einem Magazin
an der Maschine eine metallene Gussform für diesen
Buchstaben, genannt Matrize. Diese Matrizen wurden zu
Zeilen aneinandergereiht, Leerstellen mussten ebenfalls
gesondert erzeugt werden. Die speziellen Setzmaschinen
Marke „Linotype" machten außer den Matrizen auch noch
einen Höllenlärm. Die fertige Zeile wurde sodann mit

flüssigem Metall bei 85 Prozent Bleianteil ausgegossen. So entstand eine Zeile mit Buchstaben, eine "line of types" für das Hochdruckverfahren. Bei Setzfehlern half nur eines, man musste komplett von vorn beginnen und die gesamte Zeile neu schreiben und gießen. Die Zeilenblöcke wurden dann zu Zeitungsseiten zusammengesetzt. Was für ein Aufwand. Als kleiner Stöpsel hatte mich das immer fasziniert, wenn ich meinen Vater besuchen durfte. Heutzutage würden Bleigeruch und Lärmpegel als Zumutung empfunden werden und doch war es über Jahrzehnte der bewährte Weg zur Zeitungsherstellung. Der erste große digitale Schritt zeichnete sich zu Beginn der achtziger Jahre ab, als der Fotosatz eingeführt wurde und die ohrenbetäubenden Bleisatzmaschinen durch riesige Magnetplattenspeicher ersetzt wurden, die in den frühen Jahren zwar kaum ein MB Speicherkapazität aufbrachten, dafür aber den Strom von fünf Einfamilienhäusern zur Kühlung benötigten.

Mein Vater zog den technologischen Wechsel in seinen Abteilungen durch und er hatte Erfolg. Das Verlagsgebäude in der Kotterner Straße in Kempten sollte für 38 Jahre seine berufliche Heimat bleiben bis zum Ruhestand. Der fußwärmende Kuhmist bei Bodelsberg war wohl kein schlechter Dünger gewesen, rein homöopathisch gesehen. Das ist die Vaterseite meiner Wurzeln.

Jalta

Am fünfzehnten Februar des Jahres 1905 war Notariats-Amtstag des k. und k. Notariats, des kaiserlich-königlichen Notariats zu Karlsbad in Schlackenwerth. In jener Zeit und am genannten Ort hatte sich die Österreichisch-Ungarische Monarchie breitgemacht. Man sprach Deutsch bis in die 20er Jahre, dann Tschechisch, ab 1938 wieder Deutsch und nach 1945 erneut und dann endgültig Tschechisch.

Dort in der Notariatsaußenstelle, etwa sechs Kilometer nordöstlich von Karlsbad hatten sich eingefunden Notar Josef Hüttisch und die Parteien Josef Wenzl Moises nebst seiner Ehegattin Berta und zwei weniger bedeutenden Identitätszeugen. Es wurde ein „Ehepakten", heute würde man sagen, eine notarielle Festlegung, ein Ehevertrag oder eine Vermögensübertragung beurkundet, in welchem „Herr Josef Wenzl Moises verkauft und übergibt in der Absicht eine schon dermal wirksame Gütergemeinschaft bezüglich des gegenwärtig vorhandenen unbeweglichen Vermögens zu errichten an seine Ehegattin Frau Berta Moises".

Die Großeltern meiner Mutter hatten ihren Güterstand und ihren Immobilienbesitz notariell beurkundet. Ein schöner Fleck war das gewesen, eine brauchbare Hofstelle im Sudetenland in Gfell gleich neben Karlsbad. Eine solide Grundlage für ein gutes Leben, dem die Politik später gnadenlos in die Parade fahren sollte. Es war weder Grundlage noch solide, sondern löste sich auf in Nichts wie Nebel in der aufsteigenden Sonne. Papier war schon damals geduldig und alle notarielle Verbriefung schützte nicht vor späterer Enteignung und Vertreibung.

Sohn Josef samt Ehefrau Ida und deren Tochter Traudl, meine Mutter, verloren nach dem Zweiten Weltkrieg diese Erbgüter. Sie verloren Haus und Hof, Heimat und Wurzeln im tschechischen Egerland, in der „Eghalanda Gmoi" und landeten auf Umwegen in Durach im Allgäu. Das war zwar auch ein schöner Fleck, aber wer wollte schon Habenichtse und Flüchtlinge zu jener Zeit im beschaulichen Voralpenland. Das war damals so und ist heute nicht viel anders.

Ida, ihre Schwiegermutter Berta und Tochter Traudl reisten im speziell für die Flüchtlinge bereitgestellten Viehwaggon von Karlsbad zuerst in die Region Augsburg und dann ging es weiter ins Allgäu. In Durach wurde eine Schneiderin gebraucht und Ida war Damenschneidermeisterin.

Für Josef, den Vater meiner Mutter, verlief der Umweg von Karlsbad nach Durach über die Ostfront und die russische Kriegsgefangenschaft auf der Krim mit einem Lungendurchschuss. Irgendwann 1946, gerade als die generelle Vertreibung den Sudetendeutschen ihr ganz konkretes persönliches Schicksal bescherte, indem sie sich mit dem bisschen Hab und Gut, das sie tragen und auf einem Leiterwagen ziehen konnten, auf den Weg nach Westen machen mussten, in jenen Tagen durfte er aus dem Gefangenenlager in Russland erstmals eine Karte nach Hause schreiben. Allerdings ohne Angabe des Aufenthaltsortes und es musste ihm, gemäß der Vorgabe der Lagerleitung, verpflichtend gutgehen trotz Mangelernährung und überstandenem Lungendurchschuss. Sonst konnte er das mit der Karte vergessen.

Also kam nach einigen Monaten und über den Vertriebenensuchdienst des Roten Kreuzes tatsächlich eine Karte von Josef Moises an seine Frau Ida und meine Mutter in Durach an, in welcher er auch ganz liebe Grüße an Jürgen, August, Ludwig, Thomas und Amelia ausrichten ließ. Alles Leute, die es in der Verwandtschaft nicht gab. Trotz gänzlich fehlender Geheimdienstausbildung schloss meine Großmutter Ida messerscharf von den Anfangsbuchstaben der so heißgeliebten, wie ausnahmslos erfundenen Verwandten auf den Ort Jalta und wusste somit, wo ihr gefangener Mann mit dem Überleben beschäftigt war. Auf ihre kryptischen Fähigkeiten oder besser gesagt, die ihres Bepps, wie sie ihren Mann nannte, war sie ihr Leben lang besonders stolz. Der Russe wurde findig überlistet. Es ging gut aus und ihr Mann kam zurück.

Weder meine Eltern noch wir Kinder haben damals verstanden, wie wichtig es für ihn zur Verarbeitung des Kriegstraumas war, bei unseren sonntäglichen Besuchen immer wieder von seinen Kriegserlebnissen zu erzählen, vom „Kreich und von da Naout", vom Krieg und der Not. Wenn ich heute daran zurückdenke, dann war es schon erstaunlich, wie er das ohne erkennbares Trauma verkraftet hatte und ein sanftmütiger, technisch versierter, Kinder liebender und sehr verlässlicher Mann sein konnte. Welche inneren Kämpfe er ausgefochten haben mochte, hatten wir nicht einmal in vagem Ansatz wahrgenommen. Zu jener

Zeit war der Begriff Posttraumatisches Belastungssyndrom möglicherweise noch gar nicht erfunden.

Man kann sich im Übrigen kaum sparsamere Menschen vorstellen als meine Großeltern auf der Mutterseite. Opa hatte, nachdem er aus der Kriegsgefangenschaft zurückgekommen war, ein solides Leben und ein bescheidenes Vermögen aufgebaut, basierend auf einer Ressourcenschonenden Lebenseinstellung, die dazu führte, dass jede Schraube und jeder Nagel bei fehlender Weiterverwendung wieder rausgedreht oder rausgezogen wurde und einen Lagerort im Keller fand. Erstaunlicherweise ist aus dieser, von ihm auch in anderen Lebensbereichen konsequent praktizierten Haltung eine eindrucksvolle, aber manchmal auch etwas störende Genmutation eines überaus sparsamen Menschen bei mir aufgetaucht. Trotz des ausgabefreudigen Genpoolanteils meines Vaters schlug die großelterliche Mutterseite ungefiltert durch. Gebrauchte Schrauben drehte ich zwar selten aus altem Holz raus, aber wenn meine Frau und ich mit unseren Kindern ins Wirtshaus gingen, dann habe ich unsere Jungs zuhause eindringlich zum Vortrinken angehalten. Eine Cola musste im Restaurant reichen. Den gröbsten Durst konnte man schon mal zuhause löschen.

Ich war jedenfalls in meiner Sparsamkeit von meiner unmittelbaren familiären Umgebung nicht immer genussvoll zu ertragen.

Das sind die Wurzeln mütterlicherseits und dort gab es ein weitverzweigtes Netz an Großtanten, Großneffen und sonstigen Verwandten, welches von Omi Ida, einer rührigen Damenschneiderin mit immer unglaublich niedrigen Verkaufspreisen für ihre maßgefertigte Damenbekleidung, gepflegt wurde. Sie baute sehr schnell einen treuen Kundenkreis auf und in späteren Jahren sollten ihre Kundinnen sogar nach Wegzug aus dem Allgäu immer wieder zur Anprobe nach Durach zu Ida kommen. Wer pflegt heute seinen Kundenstamm schon über dreißig Jahre lang mit Hingabe. Ida schon.

Das schlug dann auch auf meine Mutter durch, die bei ihrer Mutter in die Lehre ging und auch Damenschneiderin wurde. Später sollte bei ihr daraus ein sehr kompetentes Modebewusstsein entstehen, welches sie erfolgreich in ihre Tätigkeit als Verkaufsberaterin im angesagtesten Modehaus in Kempten einbrachte. Zeit ihres Lebens sollten ihre Kontaktfreudigkeit und die daraus erwachsenden Beziehungen zu einem weiten Bekanntenkreis ihr bis ins hohe Alter, um welches sie sich übrigens ausgesprochen ungern schert, einen regen Austausch mit anderen ermöglichen.

Zu ihrem neunzigsten Geburtstag erhielt sie einen Glückwunschbrief des bayerischen Ministerpräsidenten Söder. Den zeigte sie mir mit den Worten, „so ein Schmarrn, den kenne ich gar nicht persönlich und er mich noch viel weniger. Das kann man sich doch sparen. Sowas brauche ich bestimmt nicht. Kostet ja doch Geld, mein Steuergeld. Außerdem habe ich einen Schrecken gekriegt. Dachte, ich hätte was angestellt." Sprach es und legte den Wisch zum Altpapier.

Andere rahmen sich so etwas ein.

Meine Mutter lebte immer nach der Devise, dem Staat schenke sie nichts. Sie lag ihm aber auch nicht auf der

Tasche. Zu keinem Zeitpunkt. Langweilig wurde ihr nie und sie tat ihre Arbeit gerne. Sie pflegte die Kontakte wesentlich konsequenter und liebevoller als mein Vater. Das hatte sie wohl von Ida, ihrer Mutter. Und die war zentraler familiärer Anlaufpunkt.

Regelmäßig kamen alle Geschwister und Schwippschwager aus Hillscheid, Burgholzhausen und Niederbayern nach Durach zu meiner Großmutter und Ida kochte, was das Zeug hielt: Weißkraut mit Mehlknödel, Schmettensoße mit Sauerbraten und gebackene Knödel. Sie hielt die Familie zusammen, war Anlaufpunkt ganz im Gegensatz zur Mutter meines Vaters Artur. Bei meinen Großeltern auf Vaterseite hatte man stets den vagen Eindruck, die Familie ist halt unvermeidlich und stört ansonsten. Diese Großeltern auf Mutter- und Vaterseite waren eindrucksvolle Gegensätze. Sie zogen sich aber gegenseitig nie an. Das bekannte Sprichwort traf hier nicht zu.

Also lag mein Sympathieschwerpunkt bei den Eltern meiner Mutter und das nicht nur wegen der phantastischen Speisenkarte von Omi Ida. Und wenn es am schönsten ist, dann wird es meistens gefährlich. Es geschah an einem wunderbaren lauen Maiabend so um das Jahr 1964. Meine Eltern hatten Omi Idas Verwandtschaft zu Besuch. Ich hatte die Erwachsenen tagsüber gut beobachten können, dabei aber wenig gesagt, denn artige Kinder redeten zu jener Zeit nur dann, wenn sie gefragt wurden. Kurz vor dem Zubettgehen war dann mein aufgestautes Kommunikationsbedürfnis allzu groß geworden und so wollte ich auf der verbalen Tonspur endlich etwas Nettes beitragen.

„Also Tante Toni, Du schaust immer ganz genauso wie Dein Hund."

An dieser Stelle muss gesagt werden, dass Tante Toni, eine Großtante und Schwägerin meiner Omi Ida, mit Ihrem sanftmütigen Ehegatten Sepp stets einen Boxer im Schlepptau hatte. Der Hund war ihr Ein und Alles. Dem Vierbeiner hingen die Lefzen fast bis zur Vorderpfote runter und bei Toni konnte man die Vermutung, dass Herrchen oder Frauchen sich im Aussehen irgendwann an ihren Hund angleichen, auf das prächtigste bestätigt sehen. Tonis Backen hatten links wie rechts einen mords Überhang. Eine gepflegte Frau mit gepuderten Lefzen. Ich war stolz, dass mir das aufgefallen war und noch viel stolzer darauf, nun etwas ausgesprochen Nettes gesagt zu haben. In diesem Hochgefühl schob ich nach.

„Und dann schaust du auch immer so lustig über Kreuz."

Toni schielte zudem kräftig. Mit ihren großen freundlichen Augen und ihrer zugewandten Art kam die im Kindesalter unkorrigierte Augenstellung prächtig zur Geltung. Sie schielte alle in Grund und Boden. Mich auch. Ich kannte den Begriff Schielen nicht, aber „über Kreuz schauen" schien mir gut zu passen. So war ich nun außerordentlich zufrieden mit mir, dass ich, gänzlich ungefragt, überaus nette Sachen gesagt hatte. Ein Kommunikations-Ass.

Da war ich aber auch der Einzige, der zufrieden war.

Der lefzengetriebene Hundevergleich, garniert mit meiner treffsicheren Schielanalyse war ein gewaltiger Fehler. Beide Eigenarten dieser Großtante hatten mich als sechsjährigen Knaben immer fasziniert und nun hatte ich also all meinen Mut zusammengenommen und wollte es endlich mal wertschätzend bemerken, nachdem ich es lange Zeit still beobachtet hatte. Das war die ungünstigste Kommunikationsstrategie, die ich wählen konnte, zumal eine große Runde von Verwandten zugegen war und von einem Vieraugengespräch nicht mal im Ansatz die Rede sein konnte. Ich hatte Tante Toni nach allen Regeln der Kunst beleidigt. Meine Eltern waren in der Erziehung meiner Schwester und mir stets auf Achtung und äußerst ehrerbietende Höflichkeit gegenüber Erwachsenen bedacht gewesen und da kam die schielgarnierte Hundevergleichsnummer einem Weltuntergang gleich. Meine Schwester war übrigens der einzige Mensch, der meinen Boxervergleich aus Sicht der betroffenen Tante Toni als Kompliment empfunden hatte. Sie fand das erstens hundertprozentig passend, weil es so war und zweitens mochte sie Hunde, Boxer, Hängelefzen und Tante Toni sowieso. Doch das half nichts.

Die Reaktion erfolgte prompt. Meine Kinderwelt ging kurz unter. Eisigste Blicke, Nordpolklima und sofort ab ins Bett ohne Essen, Hausarrest drei Tage ohne Bewährung.

„Aber der Bub hat doch recht. Antonie schielt wirklich und sieht aus wie ihr Köter. Das weiß man doch."

Die fürsprechende Feststellung der Tatsachen durch meinen gönnerhaften Urgroßvater lief leider komplett ins Leere und nach der Verbannung in eine einsame Nachtruhe ohne jeglichen Gutenachtwunsch folgten drei Tage strengsten Hausarrestes mit bewusst praktiziertem Liebesentzug. Jegliches Lächeln wurde eingefroren und die Kommunikation auf ein lautmalerisches Minimum reduziert. Diese in meinen Augen vollkommen überzogene

Maßregelung, die heutzutage unter den Begriff Quarantäne fallen würde, war im Werkzeugkasten der Erziehung der sechziger Jahre übliche und beliebte Praxis.

Nach kindlichem Gerechtigkeitsempfinden müssen Tat und Strafe zusammenpassen. In meinem Fall wurde der falsche Bußkatalog angewendet und ich litt zudem unter dem damit einhergehenden Liebesentzug. Bislang noch völlig ungeübt in der Verarbeitung unverhältnismäßiger Bestrafung, war das der Startschuss in eine neue Entwicklungsstufe mit mehreren Lerneffekten. Erstens, die Wahrheit muss man sagen, aber nicht jede Wahrheit. Zweitens kommt es darauf an, wann man sie sagt, drittens vor wem und viertens wieviel davon man auf einmal raushaut. Fünftens wollen Eltern mit ihren Kindern auch ein schönes Bild abgeben und da darf man bei Verfehlungen nicht mit fairen Verfahren unter Würdigung mildernder Umstände, wie etwa dem kindlichen Alter oder der guten Absicht rechnen.

Mein feiner Uropa hatte sich als Rechtsbeistand beizeiten vom Acker gemacht und lieber seine Zigarren geraucht und sein Geld beim Kartenspielen im "Gasthof Schwanen" unter die Leute gebracht. Währenddessen versuchte seine Frau zuhause, die Haushaltskasse aufzubessern mit dem Verkauf von Schürzen, die sie auf einer fußkraftbetriebenen gusseisernen Singer Nähmaschine krummbucklig und zunehmend abgekämpft herstellte.

Am zweitschlimmsten war übrigens, dass Onkel Sepp, der Gatte der schielenden Toni, nach diesem Vorfall nicht mehr uneingeschränkt gut auf mich zu sprechen war und ich nicht mehr auf seinem Schoß sitzend den Ford Taunus 17M im Schritttempo lenken durfte.

Der Taunus 17M war ein wunderbares Gefährt. Ein Schiff auf der Straße und so ganz anders als der blaue VW Käfer, den sich mein Vater und mein Opa teilten. Der 17M hatte eine beeindruckende couchähnliche und deshalb vollkommen unergonomisch durchgehende Sitzbank für Fahrer und Beifahrer und eine Dreigang-Lenkradschaltung. Da nahm er mich immer mal wieder auf seinen Schoß und dann durfte ich im Schritttempo lenken. Das war das Höchste. Aber damit war Schluss.

Viele Jahrzehnte später hat mir ein älterer Freund versichert, dass dies das allerbeste Auto war, um ein verschwiegenes trautes Schäferstündchen abzuhalten. Man konnte auf der Fahrerbank quer liegen. Mädchen bevorzugten den 17M ganz eindeutig gegenüber einem Käfer, bei dem der Schaltknüppel immer im Weg war und gelegentlich schmerzhaft auf den Hüftknochen drücken mochte, was nur durch angepasste Horizontallage zu vermeiden war. Ich war viel zu jung für irgendwelche Schäferstündchen und wollte stattdessen lieber im Schritttempo lenken, doch damit war es nach dem familiären schielbedingten Weltuntergang vorbei.

Besenstiel

Gerade als ich 1968 redlich bemüht war, meine Brust an den Besenstiel zu ziehen, dann die Hüfte an die Stange zu bringen und die Beine über die Vertikalachse zu schwingen, brach das Teil und ich schlug mit dem Rücken auf dem Boden auf. Gott sei Dank war der hörbare Knacks hölzernen Ursprungs und nicht einem meiner zehn Jahre alten Knochen zuzuordnen.

„Jetzt reicht es aber" rief meine Mutter wütend, „was musst du den armen Buben auch so triezen. Ist doch egal, ob er den Bauchaufzug kann oder nicht".

Etwas widerwillig hatte meine Mutter bei der ganzen Sache mitgemacht und das andere Ende des Besenstiels auf ihre Schulter geklemmt und festgehalten, während mein Vater das eine Ende hielt und mir an diesem provisorischen Reck so hilfreiche, wie tatsächlich fruchtende Anweisungen gab zur erfolgsorientierten Durchführung eines ordentlichen Felgaufschwungs, auch Bauchaufzug genannt. Der Bauchaufzug war nicht nur Schwachpunkt, sondern auch Trauma meiner frühen Schuljahre. Zwar das einzige Trauma, aber immerhin. Man musste was dagegen tun.

Es galt zuhause zu trainieren, denn im Turnen in der Schule war ich eine echte Lusche, während mein alter Herr in dieser Disziplin Anfang der Fünfziger Jahre Allgäuer Meister war. Wie konnte es da sein, dass sein Erstgeborener, der Stammhalter, keinen Bauchaufzug hinbekam. Und wenn du in der Schulturnhalle nicht hochkommst, dann fällt dein Rating im Klassenverbund erstmal in den Keller. Mein Vater wusste das und wollte seinen Beitrag leisten, mir das zu ersparen. Zu meiner Ehrenrettung sei gesagt, dass die Besenstange erst beim angestrebten dritten Durchgang brach, nachdem es vorher zweimal funktioniert hatte. Die Familie war also schon im Stimmungshoch, welches im Holzbruch endete.

Meinem Vater war es nicht egal, ob man etwas konnte oder nicht und wie lange man dafür etwas tun musste, um eine Wirkung zu erzielen. Nachdem ihm mit knapp 60 Lebensjahren eine künstliche Hüfte eingesetzt wurde, hatte er für sich das gleiche Credo „Ich will, ich muss, ich kann" postuliert, wie er es mir bei meinen eigenen weniger guten Momenten in früheren Jahren ans Herz gelegt hatte. Das war wohl seine generelle Haltung, wenn es darum ging, etwas anzugehen oder voranzubringen. Heute kann man sich das alles gegen einen saftigen Obolus in Managerseminaren unter den Trainingsabschnitten Durchhaltewillen, Disziplin und Eigenmotivation aneignen. Oder zumindest wird man darin geschult, zu glauben, dass man es lernen könnte.

In den Fünfziger- und Sechzigerjahren war die Gleichberechtigung der Geschlechter ein Fremdwort. Der Mann war das Oberhaupt der Familie. Ohne das Einverständnis der Männer durften Frauen nicht arbeiten. Das Recht des Mannes, den Arbeitsvertrag seiner Frau fristlos zu kündigen, war erst Ende der Sechzigerjahre abgeschafft worden. Frauen durften nicht wählen, kein Konto eröffnen oder Hosenanzüge tragen.

Meine Mutter war die klassische Hausfrau. Das war angesichts des Lebensstandards ohne Waschmaschine, ohne

Zentralheizung und ohne warmes Wasser auch gar nicht anders denkbar. Jedes Mal, wenn die Stoffwindeln zu waschen waren, musste im Keller ein riesiger Zuber mit Wasser erwärmt werden, dann wurden die eingeweichten Laken abgekocht und getrocknet. Alle andere Wäsche wurde genauso gewaschen. Einmal in der Woche. So handhaben es alle Bewohner des Mietswohnhauses. Jedem wurde ein fester Waschtag zugewiesen. Das Hygienekonzept der Familien sah ähnlich aus. Man wollte zum Wochenende sauber sein, also war Freitag Badetag. Am Nachmittag eines jeden Freitag wurde das sonst kalte Badezimmer mit einem Holz-Kohleofen eingeheizt und dann wurde mit dem warmen Wasser aus dem darüber befindlichen Wassertank gebadet. Der reichte für zwei halbe Badewannenfüllungen. Folglich wurde bei unserer vierköpfigen Familie das Badewasser mehrfach verwendet. Dabei wurde auch noch das Immunsystem trainiert, weil immer zwei sich begeistert mit Kernseife in der Bakterienbrühe ihre Vorbader abschrubbten. Das ist an Nachhaltigkeit unübertroffen.

Meine Mutter hatte es mit ihrem Mann recht gut getroffen, denn der praktizierte mit ihr zwar das klassische Rollenmodell jener Zeit, welches so gut wie alle Paare umsetzten, war aber, abgesehen von den ausgiebigen Klettertouren mit seinen Kumpels, familiär am Wochenende höchst umtriebig, vor allem was die gemeinsamen Frischluft- und Sportaktivitäten betraf. Da mussten wir Kinder uns regelmäßig einbinden lassen, ob wir wollten oder nicht. Eine Wahl hatten meine Schwester und ich nicht und die nachmittäglichen Fernsehblockbuster Flipper und

Bonanza hat man gezwungenermaßen zu oft versäumt, was mir manchmal gehörig gegen den Strich ging. Für den „Beatclub", die erste Musiksendung mit englischer Beatmusik in einem damals stockkonservativen öffentlichen Fernsehen, produziert von Radio Bremen in den späten Sechzigern, war ich noch zu jung. Die geniale Musik von Chuck Berry, von Mungo Jerry, den Creedence Clearwater Revival, den Lords oder von Muddy Waters hatte ich erst viel später entdeckt. Heintje, der 1968 mit seinen dreizehn Lenzen unglaublich erfolgreich war mit dem Lied „Mama" und sich damit ein halbes Jahr in den deutschen Schlagercharts tummelte, hätte passen können, stattdessen fuhr ich zu jener Zeit ab auf den Big Band Sound von Max Greger, Bert Kaempfert und Hugo Strasser.

Da ich 1968 gerade mal schlappe zehn Jahre auf dem Buckel hatte, war an eine Ansteckung durch die aufbegehrende 68er Bewegung nicht zu denken. Ich blieb also brav und folgsam. Im Übergang vom Kind zum Frühjugendlichen waren noch viel zu viele antiautoritäre Antikörper im Blut, als dass die aufkeimende Hippie- und Protestbewegung bei mir eine Wirkung erzielt hätte. Ich hatte noch nicht mal Augen für die Miniröcke und ihre Trägerinnen.

Ich kannte niemanden außer meine Eltern und ein paar ihrer Freunde, die seinerzeit jeden Winter im Engadin, Arlberg, Courchevel, Badgastein und sonstigen bergigen Ecken in den Alpen eine Woche beim Skifahren waren, allerdings ohne uns Kinder. Meine Mutter war da immer fleißig mit von der Partie. Im heimischen Allgäu wurde dann vehement gearbeitet am Bild einer skisportlichen

Vorzeigefamilie. Für meinen Vater war ich als Junge bewegungstechnisch auf Skiern immer etwas zu zaghaft, während meine Schwester ihm größte Freuden durch draufgängerisches, aber auch hirnaussetzendes Hinterherfahren bescherte. Leider stand mir wohl mein Hirn und die rege Geistestätigkeit im Wege, um eine intuitiv geschmeidige Bewegungskoordination nachhaltig auszuprägen. Stattdessen rührte sich der Turnbewegungschaot in mir. Der Bub denkt zu viel und es mangelt an Intuition, so mochte man nicht gänzlich falsch urteilen. Beständiges Training bewirkte aber doch etwas und einige Jahre später reichte es immerhin zum Nebenerwerb als Skilehrer.

Bei dieser Tätigkeit war das weibliche Skilehrerkollegium natürlich ein gewaltiger Antrieb und von stetem Interesse, während mir die exakte Technik der Vermittlung eines perfekt gefahrenen Pflugbogens eher egal war. Aber wenn man zum Weibe will, geht es eben nur über die harte Schule des Grundschwunges, wie der in Vollendung gefahrene Stemmbogen genannt wurde.

Vor die Pubertät und vor der Entdeckung der Frau als solche mit den Wonnen des anderen Geschlechts hatten die Götter aber leider nicht nur den Schweiß des Felgaufschwungs und den Schmerz des Besenstielreckstangenbruchs gesetzt. Irgendwann setzte diese vermaledeite FKK- Leidenschaft bei meinen Eltern ein. Ständig wollten sie irgendwo hin, wo man nackt rumtanzen konnte, wo man ohne trockenen Badeanzug ins Wasser ging und ohne nasse Badehose wieder rauskam, und wo man in seinen Allerwertesten „Tiroler Nussöl" als Sonnenschutz einmassierte.

Als Zwölfjähriger lastete die in diesem Alter besonders ausgeprägte Keuschheit hartnäckig auf mir. Diesem angeblich so einzigartigen Freiheitsgefühl auf der vom FKK-Verein Bund Alpenland gepachteten Halbinsel am Eschacher Weiher war ich hilflos ausgeliefert. Ich musste es auf Teufel komm raus toll finden, vor allem deshalb, weil ein befreundetes Ehepaar meine Eltern missionarisch werbend infiziert hatte. Die Leute waren der reinste Nacktvirus und bei meinen Eltern brach der Infekt voll aus. Ich selbst und meine Schwester waren ohne Symptome der Begeisterung.

Also musste ich nackt Volleyball und Tischtennis spielen. Ständig hüpften befreite Brüste und verschiedene Glieder frei im Raum. Technisch erkannte ich da beim Volleyball überhaupt keinen Vorteil, da jeder Hechtbagger zu einem verschürften Blutbad unterhalb der Gürtellinie geführt hätte. Ich überstand das alles ohne Kastration und konnte viele Jahre später ein erfreulich intensives Schäferstündchen, weitaus komfortabler als im zu dieser Zeit schon lange nicht mehr gebauten Taunus 17M, mit der anschmiegsamen Tochter meiner elterlichen Nacktenthusiastenmissionare auf eben jener Halbinsel verbringen. Es war warm, weich und köstlich. Da hatte sich die harte Zeit rentiert, aber das konnte vorher kein Mensch wissen.

Manchmal weiß man eben im Vorhinein nicht für was etwas später mal gut ist. Per aspera ad astra. (Durch die Hölle zu den Sternen). Da ich aber auch eine andere blonde Göttin gerade in petto hatte, was dann leider viel zu schnell im Sande verlief, vertiefte ich das mit der Warm-Weich-Köstlichen nicht weiter, was ein Fehler war. Da trat schon früh ein nicht seltener menschlicher Charakterzug bei mir hervor: Man könnte woanders vielleicht was Besseres versäumen, drum lege man sich lieber nicht vorschnell fest. Aber was heißt schon vorschnell.

Während meine Schwester in den reiferen Jahren ein unverzichtbarer, bereichernder und wertvoller Bestandteil meines Lebens ist, war sie in Kinderjahren störend und lästig. Alles musste geteilt werden, vor allem die karamelligen Marsriegel, die in den Sechzigern hochpreisig und mangelversorgt waren. Entscheidend war für mich bei der Aufteilung eines Marsriegels, dass ich nicht übervorteilt wurde. Am liebsten hatte ich das größere süße Stück und sie leider auch. Wer braucht schon so eine renitente und selbstbewusste Schwester. Ich war der Ältere, der Bestimmer und ein Mann. Mehr oder weniger. Ihr war das herzlich egal. Jedenfalls haben wir gestritten wie die Bürstenbinder.

Viele Jahre später saß ich mit dem Unternehmer Hans Liebherr zusammen, für dessen Familie ich dann sehr lange arbeiten sollte und er fragte mich nach Geschwistern.

„Merken Sie sich eines", meinte er, „stellen Sie immer Führungskräfte ein, die Geschwister haben. Einzelkinder können schlechter streiten, haben nicht so gut gelernt, sich durchzusetzen oder Kompromisse einzugehen. Wenn einer Geschwister hat, ist es schon gar nicht mehr so daneben mit dem."

Da hat mir meine Schwester beruflich den Hintern gerettet und sie weiß das nicht mal.

Beulen

So sehr sich mein Vater berufen fühlte, mich motivierend und vielleicht auch ein wenig getrieben von seinem eigenen Ehrgeiz, bei der Evolution meines Körpergefühls und der Gliedermotorik zu unterstützen, zum Beispiel mit Bauchaufzugbesenstielen, so sehr ließ man mir freien Lauf beim Rest. Schule, draußen rumspringen, Blödsinn mit Freunden, ständig blutige Knie, irgendwelche Beulen, all das interessierte erfreulicherweise kaum jemanden, es sei denn, es sah ernst aus.

Als es wirklich ernst wurde, waren meine Eltern da und agierten überraschend selbstbewusst angesichts der seinerzeit weitverbreiteten Arzthörigkeit. 1972 wuchs mir eine Beule aus der Stirn. Es tat sauweh. Es hätte vielleicht eine zu hohe Intelligenz sein können, die sich da neue Wege suchte. Aber nein, es war Eiter, der sich in meiner Stirnhöhle angesammelt hatte und der das Fieber geradezu euphorisch hochjubelte.

Ein stadtbekannter HNO-Arzt wollte mir nach erfolglosen Penicillin-Gaben aus seinem Belegbett raus die Stirnfront aufmeißeln zwecks einer entlastenden Eiterdrainage. Er empfahl es eindringlich, doch meine Eltern lehnten das strikt ab und der Halbgott in Weiß muss wohl im Viereck gesprungen sein. Ging richtig ab, wie unverantwortlich das sei und es werde bedrohlich und der Bub könne Schäden davontragen. Eine Krankenschwester riet vom Aufmeißeln ab, bestärkte meine Eltern in dieser ablehnenden Haltung und das war gut so. Nach zwei Tagen klang weniger der Intelligenzdruck als vielmehr die Stirnhöhlenvereiterung ab

und der Bub konnte genesen ohne die Narben eines Ka-
naldeckels an der Hirnfront.

Mein erster Krankenhausaufenthalt vor der Olympiade
in München war aber auch noch in anderer Hinsicht ein
grandioser Erfolg. Ich wurde aufgeklärt. Meine Eltern
hatten sich bei diesem Thema immer überraschend zu-
rückgehalten. Der Zeitgeist sah das auch noch nicht vor.

„Woisch du was a Buff isch"?

Hans, ein Krankenhaus-Bettnachbar aus Unterjoch, einem Dorf im südlichen Oberallgäu, war ein gutes Jahr älter
als ich und fragte mich, ob ich wisse, was ein Puff sei.
Wusste ich nicht. Hatte ich noch nie gehört. Ich kannte
nur Bonanza, Daktari und Dalli-Dalli. Er grinste und meinte, die Schwester wisse es sicherlich und ich sollte sie doch
fragen. Aber ja nicht die Ordensschwester, sondern eine
junge. Die alte wisse das nicht, denn ein Puff sei etwas
Modernes. Gutgläubig und wissbegierig, wie ich war, fragte
ich fröhlich, doch die nette junge Schwester kam gar nicht
zur Antwort, weil der Unterjocher sich vor Lachen nicht
mehr halten konnte. Schon erstaunlich, wie weit der Älpler
aus Unterjoch in seiner speziellen kulturellen Bildung mir
als Städter aus dem Unterland voraus war. Immerhin ver-
half er mir zu einem Erweckungserlebnis.

Ab da war ich Jugendlicher und erkannte die Bedeutung
der Weiblichkeit. Wenn ich mich recht erinnere, war mir
die grundsätzlich auskunftsbereite junge Krankenschwester
danach irgendwie augenzwinkernd zugewandt und ich will
nicht ausschließen, dass meine direkte Fragerei und die
damit scheinbare und doch unbeabsichtigte Kühnheit

leichten Eindruck schindeten. Vielleicht war da aber doch eher der Wunsch Vater des Gedankens.

Mit der nachhaltigen Ablenkung durch das andere Geschlecht ging es ein Jahr später dann während eines Skilager-Aufenthaltes unserer reinen Bubenklasse in der Garmischer Jugendherberge so richtig los. Gleichzeitig hielt sich dort eine Mädchenklasse meines Gymnasiums auf und das machte die Abende abwechslungsreich. Allerdings darf man nicht den Fehler machen und die jugendliche Vorgehensweise von damals aus dem heutigen überaufgeklärten Gesellschaftskontext heraus beurteilen.

Wir befanden uns in einer Emanzipationsbewegung, die weite Kreise der Gesellschaft erstmal aus der sexuellen Steinzeit herausführen sollte. Die Kernfrage allen Wirkens war zunächst, wie man eigentlich genau richtig fummelt. Gemäß der Jugendzeitschrift "BRAVO", dem medialen Zentralorgan dieser Aufbruchbewegung, waren, wenn überhaupt, Schäkern, Fummeln und als Krönung jugendlichen Forscherdrangs das sogenannte Petting im Fokus. Dem Fummeln sollte in abtastender Zweisamkeit stets ein krönendes Petting folgen und "BRAVO" gab unermüdlich Rat. Bloß nichts falsch machen.

Im Skilager war Petting noch kein Thema. Es ging mit Schäkern los, danach war ich zum ersten Mal bei den beschäkerten Mädels zu einer Faschingsparty eingeladen, was in der Folge zu ersten konkreten Fummelaktivitäten im Kino führte. Da nahm ich mich zum ersten Mal als Draufgänger wahr.

Wie lahm ich das tatsächlich anging, lässt sich daran ermessen, dass ich eine komplette Spielfilmlänge von „Ein

Käfer auf Extratour" brauchte, um im warmen bequemen Parkettsitz im "Parktheater", einem örtlichen Kino, vom keuschen Händchenhalten endlich irgendwann meinen linken Arm um sie zu legen. Immerhin, zum Schluss haben wir tatsächlich geknutscht. Rumpoussiert. Die reinste Unschuld. Aber so richtig drangeblieben bin ich dann leider auch nicht.

Gott sei Dank kam ich ein Jahr später in eine gemischte Klasse und damit konnte man endlich täglich brauchbare Praxiserfahrungen machen. In dieser Klasse gab es jeden Tag Mädchen, was dem Leben einen ungeheuren Farbanstrich verlieh. Einerseits. Andererseits erzeugten sie auch Probleme. Da war zum Beispiel Sabrina. Zu prächtig entwickelt. Ihrer Zeit sichtbar voraus. Sie saß in Chemie rechts vor mir, etwas unterhalb im von hinten nach vorn, leicht abfallenden Lehrsaal. Eine an und für sich begrüßenswerte, aber letztlich vollkommen ungünstige Positionierung. Nicht dass ich von Sabrina etwas gewollt hätte oder sie gar von mir. Dafür war sie mir viel zu stark geschminkt. Grundsätzlich war sie eh eine Nummer zu groß für mich.

Das hinderte mich jedoch nicht daran, meine Konzentration auf das Periodensystem der Elemente von ihr erfolgreich stören zu lassen. Fast ständig. An ein interessiertes Verfolgen des Tafelanschriebs war nicht zu denken. Auch Osmose und Neutralisationsreaktionen gingen an mir spurlos vorüber. Sabrina zeigte immer Ausschnitt und ihr BH-füllendes "Holz vor der Hütte" war einfach nicht zu übersehen. Der Preis war hoch. Ich kam nie von einer vier in Chemie runter. Chemie war vollkommen für die Katz. Aber die neuen biologischen Erkenntnisse waren enorm.

Eine andere Frau, mit der es bei mir auch nicht ideal lief, war Ingrid. Ingrid Reinl. Die Oberstudienrätin war 55 Jahre alt, 1,52 Meter groß und für ein Schuljahr meine Deutschlehrerin. Sie wusste in dieser Funktion per Schulverordnung natürlich alles am besten, machte ihre geringe Wuchshöhe durch maximale Selbstüberzeugung wett, gab mir eine Fünf in einer Erörterung und weckte damit schlafende Hunde. Wenn der vermeintlich mit den journalistischen Fähigkeiten seines Vaters gesegnete Sprössling der ich war, derart diskriminiert wurde, dann traf das den Erzeuger höchstpersönlich. Eine Beleidigung. Durch nichts zu entschuldigen.

Mein Vater ließ sich einen Termin in der Einzelsprechstunde geben und zerlegte die gymnasialen Philologengrundsätze der Reinl nach Strich und Faden. In seinen Augen war sie die reinste Übelkrähe. Er machte sie derart rund, dass man das Geschrei noch aus zehn Metern Entfernung durch das geschlossene Sprechzimmer hörte. Die vorbeischlurfenden Pennäler hatten wahrscheinlich viel Freude.

Ob sie ernsthaft glaube, dass mit ihrer vorsintflutlichen Auffassung der deutschen Ausdrucksweise noch irgendein moderner Blumentopf zu gewinnen sei. Er schriebe nebenbei regelmäßig für die Allgäuer Zeitung, zum Beispiel Bergartikel, habe Erfahrung und sei im journalistischen Ausdruck ja auch nicht auf der Brennsuppe dahergeschwommen. Sie solle nur mal die Allgäuer Zeitung lesen, da tobe das Leben. Ihre Auffassung der deutschen Sprache sei einem abgehobenen Studiertenhirn entsprungen und bestenfalls als gerade noch adäquat für das vorletzte Jahrhundert anzusehen. Modern sehe anders aus. So frustriere man eine ganze Generation. Auf der Journalistenschule könne sie da ihren Hut nehmen. Die Erörterung seines Sohnes sei tadellos, das könne man in jeder Zeitung drucken. Ihre Einschätzung der Arbeit sei entweder beliebig oder diskriminierend und es sei den anderen Schülern und überhaupt dem Rest der Welt doch nun wirklich nicht zuzumuten, dass alle unter ihrer deutschen Sprachgeschmacksverirrung leiden würden.

Die Reinl war danach fertig mit der Welt, mein Vater zufrieden und ich bekam im weiteren Schuljahresverlauf immer eine Drei, nicht mehr und nicht weniger. Die Frau rächte sich an mir durch dauerhafte Missachtung der abgelieferten Leistung und wollte den Zeitungsdrachen, diesen Sprachignoranten, um keinen Preis der Welt mehr wecken.

II

Im Aufbruch

Y-Tours

Warum wird man Bundeswehroffizier?

So einem wie mir fehlte jegliche Kampfschweinattitüde, es fehlte ausgeprägte Sauffreude, es fehlten breite Schultern und ein kraftvolles Kreuz, um im Nahkampf jeden Gegner mit Schulterwurf flachzulegen. Ich war einer, der am Besenstiel Bauchaufzug trainierte. So einer wird vielleicht Finanzbeamter oder Sachbearbeiter bei einer Versicherung oder Steuerberater oder Lehrer.

Aber Soldat? Genau. Soldat.

Also sollte es tatsächlich Offizier sein. Und so habe ich mich abgearbeitet an Sport-, Leistungs- und Rettungsschwimmerabzeichen, Einzelkämpferlehrgang, Ausbilder Gebirgskampf und Fachsportleiter Skitour. Wobei, die beiden letzten waren purer Genuss. Die einzige wirkliche Hürde war die vermaledeite Kugelstoßerei zum Erhalt des Deutschen Sportabzeichens. Das wiederum war erforderlich, um überhaupt Offizier werden zu können. Die Kugel erreichte nie die notwendige Achtmetermarke und so blieb nur die ebenfalls abzeichenberechtigende Alternative Gewichtheben. Fünfzig Kilogramm sollten hoch. Nicht hintereinander, sondern gleichzeitig, auf einmal. In meiner Körperphysiognomie eines Leptosomen fühlt man sich in der Gewichthebergilde natürlich nicht gerade bestens aufgehoben, aber, oh Wunder, es hatte funktioniert und so stand dem Offizier weder eine Kugel noch eine Hantel im Wege. Meine Schwester hätte in Kindheitszeiten vielleicht meinen können, dass eher ein Kamel durch ein Nadelöhr ginge, als dass ihr Brüderle Offizier werden würde. Sauber verschätzt.

Erstmal war der dreitägige Aufnahmetest bei der Offizierbewerberprüfzentrale eine willkommene Abwechslung im gymnasialen Kollegstufendasein, war er doch verbunden mit einer Reise nach Köln. Dort wurde meine umfassende Intelligenz ausgekundschaftet und schließlich vorbehaltlos bestätigt. Neben vielen Fragebögen, Multiple Choice Tests, Schwimm- und Sporttests, Rorschachtests, das sind die mit den Tintenklecksen, und diversen Seelenklempnergesprächen war man sich einig, dass man mich wollte. Ich war tatsächlich begehrt. Vom Bund. Was nun? Sollte das jetzt mein Ernst sein? Es wurde hin und her überlegt. Schließlich unterschrieb ich.

Bequem war das Ganze mit dem Studium bei der Bundeswehr und der Offiziersausbildung ja schon. Man verdiente während der Ausbildung und des Studiums ein recht passables Geld, lag den Eltern nicht auf der Tasche und war schon mal von Hotel Mama bis auf das Wäschewaschen abgenabelt. Alles war prächtig organisiert. Die ganze Bundeswehr war seinerzeit ein einziges Reisebüro, vornehmlich fixiert auf Deutschlandreisen. Man wurde kommandiert, befohlen, befördert und verlegt. Es gab immer zu Essen, nur die Schuhe musste man ständig selber putzen und Knöpfe annähen. Saubere Schuhe waren immer unverhandelbar und enorm wichtig. Man konnte den Eindruck haben, dass der Erfolg jeglicher Verteidigungsstrategie vom Glanz der Bundeswehrbergschuhe abhing. Ich war bei der Gebirgstruppe gelandet. Meine Schuhe waren beinahe abschreckend sauber. Schon früh war ich zudem in der Lage Krawatten zu binden und sehr zur Freude meiner Söhne war ich in dieser Angelegenheit später ihr kompetentester Berater.

„Herr Oberfeldwebel, ich melde, dem Kanonier Auli ist sein Schuh nach Österreich gefallen". Diese kompakte und eindeutige Meldung hatte ich in blitzsauberer Grundstellung und salutierend auf einem Ostallgäuer Berggipfel fehlerfrei rausgehauen. Unser Vorgesetzter säbelte sich gerade ein Stück von seiner Salami ab und schaute mich leicht verdutzt an. Mein Stubenkamerad Auli hatte mich gebeten, bei unserem Vorgesetzten Meldung zu erstatten über ein sehr unglückliches Malheur.

„Wie bitte Herr Kanonier, heute braucht es keine blöden Witze." Er schien mich nicht ernst zu nehmen.

„Herr Oberfeldwebel, ich melde, es ist kein blöder Witz, sondern nur blöd passiert," hielt ich dagegen.

„Welcher Esel wirft denn seinen Schuh nach Österreich?" Seine Frage, die eigentlich keine war, sondern eher einer Wertung gleichkam, war mehr als nachvollziehbar.

„Der Schuh wurde nicht geworfen, er ist gekullert, Herr Oberfeldwebel."

Der Zugführer unserer Grundausbildungseinheit im Gebirgspanzerartilleriebataillon 225 in Füssen war Heeresbergführer und hatte zum Ende der Allgemeinen Grundausbildung eine Bergtour mit uns jungen Offiziersanwärtern gemacht. Wir Jungspunde sollten mit dem Berg Bekanntschaft schließen, man gehörte ja nicht umsonst zur Gebirgsdivision und außerdem waren noch das Gemeinschaftsgefühl und der konditionelle Schweinehund zu pflegen. Nach schweißtreibendem Aufstieg ohne Zwischenfälle rastete man auf dem Gipfel des Säuling, mit 2045m Höhe der Hausberg von Füssen und exakt auf der Grenze zu Österreich liegend.

Die Männer in Oliv hatten sich verteilt und jeder versorgte und verpflegte sich. Einer von uns, Kanonier Auli, hatte seine Schuhe wegen Blasen ausgezogen und auf eine Felskante gestellt, hinter der der österreichische Abgrund gähnte. Irgendein anderer stieß dann wiederum exakt gegen einen der beiden Schuhe und die Schwerkraft verrichtete ihr folgenreiches Werk. Der Schuh stürzte im freien Fall ab nach Tirol, zweihundert Meter mochten es schon gewesen sein. Weg war er. Sofort wurde ein Suchtrupp zusammengestellt.

Alle, außer dem halb Unbeschuhten mussten die Uniformhemden wegen der Hoheitszeichen ausziehen und dann sind wir ohne jegliche Tarnung in weißen Unterhemden in Österreich undercover einmarschiert, um einen runtergekullerten deutschen Bundeswehrbergschuh zu finden. Aus dem Heeresbergführer wurde ein Heeresschuhsucher, doch es war aussichtslos. Das Gelände war sehr unübersichtlich, Felsspalten ohne Ende und dazu noch ein Bergschuh in brauner Tarnfarbe, der so gar nicht ins Auge stach. Wir fanden ihn nicht. So humpelte der Kamerad mit einem Schuh und sonst in Socken den Berg wieder runter und zurück. In der Kaserne liefen wir dummerweise geradewegs dem Batteriechef in die Arme. Was für eine Show.

„Herr Kanonier, wie kommen Sie denn daher. Wir sind doch nicht bei den Hottentotten."

„Melde, Herr Hauptmann, mir ist auf dem Säuling ein Schuh nach Österreich runtergefallen."

„Eine blödere Ausrede fällt Ihnen nicht ein." Der Batteriechef hielt es für einen Scherz.

„Doch."

„Was doch, also haben Sie eine blödere Ausrede." Jetzt wurde er ungehalten.

„Nein, ich meine, doch, er ist mir wirklich runtergefallen, Herr Hauptmann."

„Haben Sie ihn geworfen?"

„Nein! Ich habe ihn ausgezogen."

„Und dann runtergeworfen?"

„Nein, hingestellt."

„Dann müsste er dort ja noch stehen."

„Nein, ich glaube ich bin dagegen gestoßen."

„Haben Sie gesucht?"

„Ja, also nein, ich nicht, aber die Kameraden, jedoch nichts gefunden."

„Was habt ihr gemacht?" Die Betonung lag dabei auf einem lang gezogenen, ausgesprochen ungläubigen und jetzt sehr aufgebrachten Waaaas. „In Uniform und dann auch noch in Österreich?" Der Hauptmann kriegte einen sehr roten Kopf.

„Nein, im Unterhemd, aber schon in Österreich."

Der Batteriechef visualisierte gedanklich die Lage, erzeugte vor seinen Augen das Bild einer Unterhemdeninvasion in Österreich, schlug dann verzweifelt beide Hände über dem Kopf zusammen, murmelte irgendwas von „das ist also unser Offiziersnachwuchs" und trottete von dannen. Ein weiteres Highlight war die offizielle Verlustmeldung mit Schilderung des Tatherganges sowie die Gewinnung von aussagebereiten Zeugen. Es war nicht einfach, die Schwere der Schuld oder die Unverschuldetheit des dämlichen Kanoniers zwecks Kostenbeteiligung zu beurteilen.

Der Schuh dürfte immer noch am Säuling und in Österreich liegen.

In der Offiziersausbildung lernte ich niederbayerische und oberpfälzische, aber auch hunsrückische und hannoverische Sprachfarben. Ich kam rum. Machte viele Wanderungen bei jedem Wetter und oft unter Nutzung der Deckung im Wald. Heutzutage ist das wieder sehr „in" und wird als ein, aus Japan importierter Trend mit der Bezeichnung Waldbaden verkauft. In Wirklichkeit waren wir die Erfinder dieser Waldbaderei, was heute niemand mehr weiß. Man steckte seine Nase in jede nur verfügbare Land-karte und geisterte durchs Unterholz. Ich wurde sowas wie ein Diplomkartenleser. Und oft ließ man es krachen. Auf dem Gewehrschießstand und mit dem Artilleriegeschütz. Es krachte gewaltig, wenn geschossen wurde, und die Truppenübungsplätze in Grafenwöhr, Baumholder und Münsingen wurden zeitweise zu meiner zweiten Heimat, wo wir Gott sei Dank immer alle Artilleriegranaten auf eine Entfernung von zehn Kilometern ins Zielgebiet brachten. Als Artillerist sahen wir das Ziel nicht, sondern mussten die Flugbahn genau berechnen anhand von Vermessung, Wetter und physikalischen Grunddaten. Die Geschosse wogen immerhin fünfzig Kilogramm, hatten ein Kaliber von 203 Millimeter und wurden von uns liebe-voll als „Murmeln" bezeichnet.

In der Kaserne machten wir gelegentlich rhythmische Spaziergänge mit heiterem Gesang. Verwunderlich, wie viele Leute Probleme mit dem Rhythmus haben. Bei der Formalausbildung kommt aber selbst der Unbegabteste dem Gesange näher, kann nicht ausbüchsen und muss mit schmetternder Sangeskraft im Chor voranschreiten. For-malausbildung ist wie singender Steptanz in der Gruppe mit klobigem Schuhwerk. Lauter Line Dancer in Oliv, nur ohne Frauen. Damals jedenfalls. So lernte ich schon früh-zeitig, wie man kommandiert und delegiert. Beim Bund kam das gut an, zuhause eher weniger.

Wochenlang reiste man durch den Bayerischen Wald in einer Art Geocaching, um zu sehen, wo der Russe ums Eck kommen könnte. Und dann kurvte man im Panzer durch halb Niederbayern beim „Flinken Igel". Die Manöver hatten lustige Namen und die Bauern waren wohl schon an uns gewöhnt. Mit den uns verpartnerten Amerikanern futterten wir süße Kuchen bei jeder Gelegenheit und gaben uns statt einer zünftigen Dusche ständig Old Spice, ein Duftwasser der intensivsten Sorte hinter die Ohren. Meine Frau deutete gelegentlich an, dass eine fortgesetzte Verwendung dieses Duftwassers unsere Beziehung ernsthaft belasten könnte. Bei den mit uns kooperierenden Franzosen ernährte man sich von Rotwein aus Kanistern. Ich vertrug ja schon damals nichts und, mein Gott war ich blau, als ich als Verbindungsoffizier zum französischen Artillerieregiment abgestellt wurde. Das waren große Räuber- und Gendarm-Spiele, bei denen wenig geschlafen wurde und das Wichtigste eine gut funktionierende Standheizung war.

Führungsstile

„Hey Jeff, warum bleibst du hier stehen? Fahr rüber in deine Feuerstellung. Wir haben nicht mehr viel Zeit bis zum Schießbeginn," rief ich Captain Jeff Breezer zu.

Er war US-Battery-Commander und stand mit seinen sechs Artilleriegeschützen Kaliber 203mm auf selbstfahrenden Kettenhaubitzen, aufgeteilt in zwei Geschützzüge seiner Artilleriebatterie des 1/36 US Artillery Battalion aus Augsburg auf der Panzerringstraße des Truppenübungsplatzes Grafenwöhr und lief ungeduldig hin und her. Verzweiflung in seinem Blick. Eigentlich sollte er schon lange weiter voraus sein. Er war hochgradig nervös. Fracksausen in Reinkultur.

„Hey Mario, ja das ist Mist, oh Gott, ein verdammter fucking Mist, denn ich habe keine fucking Funkverbindung mehr zu meinem Bataillon und warte auf den weiteren Marschbefehl mit den nächsten Zielen." Seine Stimme überschlug sich leicht.

Ich versuchte, ihm einen Weg aufzuzeigen.

„Ja Mensch Jeff, du weißt doch wohin du fahren musst. Entscheidend ist nur, dass du rechtzeitig feuerbereit bist mit deinen sechs Geschützen. Wenn du noch lange hier herumstehst, wird das sauknapp und dann geht das Schießen in die Hose und das geht nicht gut aus für dich. Aber du kannst gerne meinen Funk benutzen. Oder besser, fahr einfach weiter", gab ich zur Antwort.

„No way, keine Chance. Wir arbeiten verschlüsselt und das geht nur mit unseren Geräten und ich muss den nächsten Befehl abwarten".

Jeff war extrem nervös, lief schweißüberströmt und aufgeregt hin und her und ließ mich mit meinen sechs Geschützen an seiner zum Stehen gekommenen Marschkolonne vorbeiziehen. So etwas war in seiner Befehlskette nicht vorgesehen, das stand nicht im Handbuch für Artilleriekommandanten. Er zog es vor, in dieser Situation nichts zu tun, sondern abzuwarten. Stattdessen hätte er auch entscheiden können zu handeln. Er hätte einfach das tun sollen, was vernünftig und zielführend war, auch wenn es nicht ganz im Sinne seiner Vorgaben war. Tatkräftig und optimistisch vorgehen, dazu fehlte ihm offenbar die Entschlusskraft. Vielleicht glaubte er auch, sich so weniger verpflichtet fühlen zu müssen, vielleicht auch sich weniger verantworten zu müssen für das, was er nicht tat, nämlich selbständig zu entscheiden und weiterzufahren. Er hielt sich wortgetreu an seine Vorschriften. Das sollte ihn seine Position kosten.

Wir fuhren zügig zu unserer Feuerstellung und waren dann rechtzeitig vorbereitet auf das gemeinsame Artillerieschießen in der Schießposition 256 auf dem Truppenübungsplatz Grafenwöhr mit unserem amerikanischen Partnerbataillon. Nur unser amerikanischer Partner oder besser gesagt Jeff mit seinen sechs Haubitzen war nicht rechtzeitig da. Die Amis hatten es gründlich vermasselt. Und warum? Wegen eines anderen Führungsstils.

In der Bundeswehr wurde nach Auftragstaktik geführt. Wie funktionierte das? Nehmen wir an, man sollte mit seiner Gruppe eine Bergtour durchführen und am Gipfel mit einer anderen Stelle in Verbindung treten. Dann lautete die Ansage wie folgt: „Herr Oberleutnant, Sie sind übermorgen um 12.00 Uhr auf dem Gipfel des Säuling und stellen Funkverbindung mit dem Regiment her." Das war alles. Ich musste selbst planen, wann ich wo losfahre oder losgehe, wie lange ich brauche, wie das Wetter ist, was ich mitnehmen muss. Wie ich es auf dem Weg zum Ziel hinbekomme ist allein meine Sache. Da war nicht der Weg das Ziel, sondern das Ziel war das Ziel. Eindeutig. Es lag an mir, wie ich auftretende Probleme anging und löste. Manchmal flexibel. Manchmal improvisierend. Manchmal reibungslos. Manchmal soso lala. Im modernen Management nennt man das MbO, Management by Objectives. Führen durch Ziele.

Bei der US-Armee wurde grundlegend anders und in einzelnen Befehlsschritten geführt. Step by Step, Schritt für Schritt. Analog einer Checkliste: Mach Dich bereit. Geh zu Punkt A und mache das, dann gibt es neue Befehle. Am Punkt A hieß es dann, geh zu Punkt B und mache jenes, dann gibt es neue Befehle. Und so weiter. Jeder einzelne Furz wurde befohlen und überwacht. Selbständiges eigenverantwortliches Handeln war im Gegensatz zur Auftragstaktik der Bundeswehr erheblich eingeschränkt.

Es gab gute Gründe für diesen Führungsstil. Bei dieser Form brauchte es weniger Fähigkeiten bei den Chefs. Man konnte einen höheren Grad intellektueller Einfalt gut handhaben, begrenzte Führungsfähigkeiten ließen sich eher kompensieren und man hatte mehr zentrale und unmittelbare Kontrolle auf Seiten der übergeordneten Stellen. Auch einfacher gestrickte Gemüter konnten in diesem System halbwegs ordentlich als Kompaniechef zurechtkommen.

Es setzte aber ständige Verbindung und Erreichbarkeit voraus. Wenn die Verbindung abbrach, dann war es aus mit der engmaschigen Führung, wie in diesem Fall.

Captain Jeff Breezer war es absolut nicht gewöhnt, eine derart unerwartete Lage allein und flexibel im Sinne des Auftrages zu entscheiden. Das kannte er nicht. Und dafür gab es keine Anweisung, keine Checkliste. Lieber blieb er stehen, wartete ordnungsgemäß und vergeigte es nach Strich und Faden. Auf dem Weg zum Ziel hatte er nichts falsch gemacht, denn für die fehlende Verbindung konnte man ihn schlecht verantwortlich machen. Am Ende hatte er aber sein ganzes Bataillon blamiert, da wegen ihm das Partnerschießen in die Hose ging. So etwas ist unverzeihlich. Das wurde ihm zum Verhängnis und ich konnte ihn nicht dazu überreden, damals auf der Panzerringstraße über seinen zwangsjackigen Schatten zu springen und einfach weiterzufahren in seine Feuerstellung, die er eh kannte und pünktlich mit seinen Haubitzen loszuballern. Hätte er das getan, wäre es zwar gegen die Vorschriften gewesen, aber am Ende von Erfolg gekrönt, da er pünktlich mit uns seinen Auftrag erfüllt hätte.

Keine zwei Wochen danach war er weg vom Fenster samt seiner Familie. Bei der gemeinsamen Abschlussfeier mit den Amerikanern von 1/36 am Buffet mit den zuckersüßen Kuchen habe ich ihn und seine immer fröhliche Frau Janet schon nicht mehr gesehen. Es tat mir leid und ich war nicht überrascht. Wie mir sein Kommandeur Lt. Col. Martin Hooten, der Bataillonskommandeur sagte, wäre Jeff kurzfristig versetzt worden, zurück in die Staaten. Dort würde er dringend gebraucht.

„An important position. A good step for him. We appreciate his work. "

Frei übersetzt hieß das: Abgesägt. Strafversetzt. Und der arme Kerl konnte gar nichts dafür. Er war schlicht Opfer des Führungssystems und einer unterbrochenen Funkverbindung.

Als Offizier hatte man viele Aufgaben. Eine davon war die sogenannte Dienstaufsicht. Bei dieser Tätigkeit zieht man sich witterungsadäquat an und läuft dann mit gut geputzten Schuhen in der Gegend rum. Man taucht just dort auf, wo die Truppe irgendetwas tut. Man sieht dann zu, blickt bedeutungsschwer ins Gelände, untersucht wissend und prüfend das eine oder andere verwendete oder rumstehende Gerät, fragt mal, motzt mal, lobt mal, nickt mal und lächelt auch mal, aber es muss ein kontrolliertes Lächeln sein. Man tut gescheit, verbreitet manchmal Unsicherheit und gibt sich gelegentlich jovial. Das ist Dienstaufsicht. Es verleiht einem Bedeutung, unterstreicht den Status und zeugt von Kompetenz und Interesse. Die Leute fühlen sich wahrgenommen und das sollte man niemals unterschätzen. Gar nicht so schlecht.

Später in meiner Geschäftsführertätigkeit habe ich mich daran erinnert und diese Praxis mit einem Kollegen aufgegriffen. Wir nannten das „Management by Walking Around". Es war dann aber weniger Dienstaufsicht als vielmehr das willkommene, zufällige Aufschnappen von Informationen beim Rumlaufen und beim Reden mit den Mitarbeitern. Man erfuhr und erzählte Dinge en passant, die in keiner Besprechung auf den Tisch kamen. Ich hatte dafür verschiedene eigene Spezialausdrücke. Erst nannte ich das ganz profan „Stubendurchgang", später TRoG. Technischer Rundgang ohne Grund. Den Ausdruck hatte mir ein befreundeter Unternehmer überlassen.

Aber auch die Dienstaufsicht und der TRoG sind eine relative Angelegenheit. Als ich viele Jahre nach meinem Berufsstart in Kempten einen Mitarbeiter wieder traf, der damals dort Praktikant war, bekam mein ideales Führungsweltbild einen kräftigen praktischen Dämpfer. In jener Versandabteilung hatten sich die Mitarbeiter ihre Kräfte in beeindruckender Weise eingeteilt. Selbständig und unglaublich eigenverantwortlich. Sie machten durchaus ihre Arbeit, tranken aber, wann immer möglich, Kaffee und redeten über die Bundesliga. Einer hielt Ausschau. Kam ein hohes Tier mit Anzug und Krawatte, dann stoben alle auseinander und jeder räumte irgendetwas höchst geschäftig von links nach rechts, oder fuhr mit dem Stapler rum und versetzte Paletten. Und ganz wichtig, wie beim Fernsehballett früherer Zeiten, man musste immer freudig in die Kamera schauen, also in diesem Fall den Boss anlächeln und ihm freundlich und motiviert zunicken. Sobald er weg war, ließ man augenblicklich alles stehen, sparte Energie und brachte den Stresslevel wieder in die Balance. Diese Optimierungsstrategie war auch beim Bund eine wohl geübte Praxis. Geschäftig vor den Augen des Kompaniechefs und auf Sparflamme runterfahren, wenn er verschwunden war.

Trotz der Schwächen in der Armee und auch wenn die Wehrpflichtigen das früher nicht so gesehen haben mochten, war die Bundeswehr der achtziger Jahre ein ablauforganisatorisch und führungstechnisch relativ durchdachtes und brauchbares Gebilde. Sie mag in dieser Hinsicht oft besser aufgestellt gewesen sein als so manches Unternehmen. Zugegeben, die Bundeswehr war immer schon arg wasserkopflastig, was heute leider nicht abgenommen hat, aber im Grunde war sie doch ganz passabel organisiert und grundsätzlich ziemlich einsatzbereit.

Als es noch die Wehrpflicht gab, versuchten nicht wenige, an diesem Thema irgendwie vorbeizukommen, sich abzuseilen, dem Bund zu entgehen, ohne der Fahnenflucht zu erliegen. Entweder es gelang, als wenig tauglich einge-stuft zu werden oder das eigene Gewissen wurde ständig vom Großhirn mit Erweckungserlebnissen dahingehend traktiert, dass man eine Allergie gegen Schusswaffen habe und diese auch niemals einzusetzen vermöge. Das war die Option des Wehrdienstverweigerers. Bei meinen eigenen Söhnen gab es beide Spielformen, was mich allerdings überhaupt nicht belastete. Der Jüngere hatte tatsächlich einige veritable Allergien, was ihn untauglich machte. Der Ältere verweigerte und liebäugelte dabei mit der Begrün-dung, sein Vater wäre Offizier und er habe gesehen, was die Armee aus diesem lammfrommen Menschen gemacht habe. Wo hatte der Junge das nur her. Natürlich haben weder er noch ich das ernst genommen, aber irgendwie konnte er die Musterungsbehörde überzeugen und er leis-tete stattdessen Zivildienst bei den Johannitern. Ich fand das auch sehr angemessen und er holte sich viel Fahrpraxis bei den Krankentransporten.

Während des Grundwehrdienstes schimpfte üblicher-weise jeder Soldat heftig auf alles, was beim Bund täglich so abging und konnte das Erreichen des Reservistenstatus und damit das Ausscheiden kaum erwarten. Das hielt aber die Allermeisten nicht davon ab, Jahre später voller Stolz von dieser Zeit des Zusammenhalts und den Gemein-schaftserlebnissen zu schwärmen und festzustellen, dass nur so echte Kerle werden können.

Lassen wir das Pathos und die Erinnerungslücken weg, dann lässt sich ganz neutral und ohne jegliche Offiziers-brille feststellen, dass der Wehrdienst den jungen Leuten unbestreitbar Disziplin, sehr strukturierte und geregelte Tagesabläufe, regelmäßiges Essen und das Ertragen von Härten bei militärischen Manövern mit Schlafmangel, sowie das Akzeptieren von gelegentlich auch minder sinnvollen Verrichtungen vermittelt hat. Man hatte gelernt zu frieren und zu schwitzen und Langeweile zu ertragen. Gleiches galt für regelmäßige Körper- Schuh- und Kleidungspflege. Das alles hatte man lernen und tun müssen, sonst gab es mächtig Ärger und den leisteten sich nur wenige. Es war weder eine Schnupperlehre noch ein Praktikum, sondern sehr praktischer Alltag. Das gibt es heute so nicht mehr und dafür gibt es keinen Ersatz. Der junge Mensch heutiger Zeit ist zumindest für diesen Abschnitt seines Reifeprozesses sich selbst überlassen oder übergeht ihn vollends.

Es steht außer Frage, dass der Wachdienst in der Bundeswehr, als er noch von der Truppe geleistet wurde, zu den unattraktivsten Verrichtungen gehörte. Dennoch musste man sich im Vorfeld beim Rechtskundeunterricht mit dem Gesetz zur Anwendung unmittelbaren Zwanges beschäftigen und man hantierte mit scharf geladenen Waffen. Dafür gab es feste Abläufe, die keine Abweichung duldeten. Wer es falsch anging, erschoss möglicherweise einen Kameraden. Deshalb hatte man sich mit Rechtsthemen und strenger Disziplin auseinanderzusetzen. Und da wurde kein Unterschied gemacht. Egal aus welcher sozialen Schicht einer kam, ob dumm oder gescheit, reich oder arm, ob blond oder dunkel, es traf alle gleich und zwang damit alle Beteiligten, ihren Toleranzlevel anzuheben oder andere wenigstens wahrzunehmen. Jedem Soldaten wurde begreifbar gemacht, dass in Deutschland und in seiner Armee trotz Befehl und Gehorsam das Recht des Einzelnen durch die Macht der Gesetze vor der Macht oder der Willkür der Vorgesetzten geschützt ist. Das lernte jeder und es erzeugte in einem scheinbar unmündigen System eine mündige Kultur.

Man mag die Abschaffung der damals lästigen Wehrpflicht für eine Errungenschaft halten, aber gewisse und vielleicht auch nicht ganz unwillkommene und wünschenswerte Erfahrungen auf dem Wege der menschlichen Reifung sind ohne einen Grundwehrdienst schwieriger zu bekommen, manche Facetten gar nicht. Man kann ohne das gut leben. Aber wenn die Fülle des Lebens aus gemachten Erfahrungen besteht, dann könnte etwas fehlen, obwohl es nicht vermisst wird, weil man gar nicht weiß, was einem vorenthalten wurde.

Lauerstellung

1980 gab es fast nichts. Kein Internet, keine Chatrooms, kein WhatsApp, kein Parship, keine Tinders. Trotzdem hatte ich investigativ rausbekommen, wo sie gearbeitet hatte. Das erste Mal lief sie mir ein gutes Jahr davor im Fasching über den Weg. Da war ich der Zwölfte auf ihrer Tänzerliste, rückte dann aber wegen einiger „no-shows", das sind Leute, die eine Reservierung getätigt haben und das dann vergessen hatten, etwas vor. Hohe Nachfrage war immer schon ein Attraktivitätsindikator. Später hatte ich sie dann das eine oder andere Mal zufällig gesehen. Das weckte meine, wie soll man das ausdrücken, Aktivitätszellen. Jagdtrieb klingt doch etwas zu despektierlich. Tief hinten im Stammhirn schlummert er jedoch und manchmal wurde er geweckt. Das war nun der Fall. Ich hatte herausbekommen, wo sie arbeitete.

Ich kalkulierte ein Arbeitsende ab 15.30 Uhr und stand mir von da ab die Beine in den Bauch. Neunzig Minuten können lang sein im November, wenn es schon früh dunkelt und man nicht weiß, ob sie Urlaub hat oder krank sein könnte. Aber dann kam sie. Verließ das Gerichtsgebäude, die Stätte ihres beruflichen Wirkens. Ich schlenderte los. Machte erst einen Bogen. Unscheinbar wollte ich daherkommen und scheinbar ohne Ziel. Wie zufällig in der Gegend. Ein absichtsloses Promenieren. Oder doch mit Ziel. Und rein zufällig kreuzten sich unsere Wege. Ja Mensch, hallo, grüß dich. So ein Zufall.

Von wegen.

Aber es hat funktioniert. Zweieinhalb Jahre später haben wir geheiratet.

Manche Leute lernen ihre zukünftige Frau schon in der Schule kennen. Der Klassiker. Das ist einfach. Manche kamen im seinerzeit obligatorischen Tanzkurs zusammen. Das war ebenfalls beliebt, fallweise aber mühsamer. Die Favoritinnen waren ständig umlagert gewesen, die leicht Verfügbaren waren selten der Renner. Wegen des jugendlich verdeppten Tunnelblicks übersah man auch schon mal die Hidden Champions. Der Testosteronüberschuss erzeugte im jugendlichen Hirn und Auge eine derartig einseitige Konturenfokussierung auf die weibliche Hülle, dass an eine erweiterte, ganzheitlich geprägte Wahrnehmung der Gesamterscheinung verschiedener Göttinnen nicht zu denken war. Man ließ vollkommen außer Acht, dass im Laufe der Reife die eine oder andere Göttin vom Olymp ins Hausmutti-Dasein abgleiten würde und manches Mauerblümchen wie ein Phoenix aus der Asche auferstehen könnte. Nein, gedacht hat da eh keiner. Die sind alle beim Auffordern wie die Irren auf die Favoritinnen losgeschossen. Eine Horde voller Tunnelblicker. Es herrschte also insgesamt eine völlig unbalancierte Konkurrenz auf engstem Raum bei streng budgetierten Zeitfenstern und der Erfolg hing auch noch vom Tanzgefühl ab. Das war eine nervige Gemengelage und alles andere als eine gemähte Wiese. Andererseits war man sofort dran am Geschehen, und konnte vor allem beim Tango seinen Schlüsselbund in der Hosentasche gegen den weiblichen Oberschenkel drücken. Das waren die zwei Schlüsselstellen. Wegen der überaus geschlossenen Tanzhaltung. Das verzieh aber auch keine Fehler.

Wo fand man außer beim Tango oder beim Rumgehopse in der Disco noch die Frau fürs Leben? Natürlich im Studium. Aber nicht jede Klassefrau studierte. Ich war da doppelt im Nachteil. Bei der Bundeswehr konnte man damals lange suchen. Erstens fehlten sowieso alle nichtstudierenden Klassefrauen und zweitens wurde die Frau als studierende Offizierin grundsätzlich dort erst sehr viel später erfunden.

Ich hatte mich also für einen anderen Weg entschieden. Ich habe meiner Frau aufgelauert. Das war, wie sich später herausstellen sollte dann auch allerhöchste Eisenbahn gewesen. Hätte ich mir mit dem Auflauern nur vier Wochen länger Zeit gelassen, dann wäre ihr netter Förstverehrer zum Zug gekommen, ich wäre voll abgeblitzt mit schlimmstem Liebeskummer und wer weiß, wie ihre Kinder dann ausgesehen hätten. Unsere sahen jedenfalls gut aus und tun das immer noch. So wie es dann war, war es gut.

Mit wem musste sich meine geduldige, zähe, stets ausgleichende und ausgeglichene Ehefrau, dieses Organisations- und Planungstalent mit nur schwach entwickelter Streitlust die ganze Zeit rumschlagen? Und wusste sie, die immer schon zupacken konnte und trotzdem eine Sensitivität für Kraftorte entwickelte, damals schon, was für einen komplexen Zweibeiner sie sich da eingehandelt hatte?

Persönlichkeitsgutachten, die mir später im Rahmen meines beruflichen Umfeldes erstellt wurden, bescheinigten mir „…einen vernünftigen Grad an geistiger Aktivität ohne extreme Spitzen (völlig unzutreffend da gänzlich untertrieben). Kontakte gestalte ich durch Willenskraft und damit mehr zweckrational aus der Aufgabe heraus, als durch Emotionen und dem persönlichen Bedürfnis nach menschlichem Kontakt (an welcher Nasenspitze kann man denn das ablesen?). So bleibe ich gegenüber Einzelpersonen und Gruppen relativ unabhängig (wer ist schon gerne abhängig). Ich zeige kein hohes persönliches Interesse, Detailarbeiten selbst auszuführen, akzeptiere aber deren

Notwendigkeit (delegieren ist also kein Fremdwort; nur den Wertstoffhof lasse ich mir nicht nehmen). Situativ kann ich Gefühle zeigen oder zurückhalten (wow). Harmonie ist mir nicht alles und ich bin in der Auseinandersetzung nicht überempfindlich (stimmt, aber da ist die Streitlust zwischen meiner Schwester und mir schuld). Ich tendiere in meiner Arbeitsgestaltung zu Autonomie und Nonkonformismus; kann es zeitweise vernachlässigen, anderen zuzuhören oder deren Vorschläge wahrzunehmen (das ist schlimm und ich würde es gerne dementieren, wenn es ginge) und tendiere dazu, die Grenzen der Autorität zu überschreiten und neige dazu, mich nicht an Regeln oder organisatorische Anforderungen anzupassen (was zwar stimmt, aber nur bei dümmlichen und unbrauchbaren Vorgaben)."

Das muss als Striptease zur Nabelschau genügen und zeigt ja auch hinlänglich meine Fähigkeit zur Selbstkritik. In den späten Berufsjahren wuchs der innere Widerstand gegen äußeren Unsinn. Plötzlich wird man einer, den man sich gar nicht ausgesucht hat. Da denkst du nichts Böses, hast eine ordentliche autoritäre Erziehung genossen, lebst so in den Tag als artiger Bub, folgsamer Schüler, strebsamer Offizieranwärter und karrierefreudiger Abteilungsleiter und irgendwann wandelst du als Otto-Normalmanager auf der Höhe der beruflichen Schaffenskraft und alle halbsinnigen Regelungen sind bereits widerständige Initialzündungen. Ich musste mir im fortgeschrittenen Manageralter eine Art Virus eingefangen haben.

Aber immerhin gab es Schützenhilfe von Deutschlands bekanntestem Unternehmensberater. Der hat am 3.7.2003 in der ZEIT geschrieben: „Überliste die Großen und den Staat, indem du deine Spielräume ausreizt und deinen Humor kultivierst, aber bleibe dabei anständig. Übe Unerschrockenheit gegenüber Uniformierten und Beamten, die individuelle und ungestrafte Interpretation von Steuergesetzen sowie eine ungezwungene Haltung gegenüber dem Establishment. ... Wohin könnte das führen? Zu einer folgenreichen Skepsis gegenüber allem Staatlichen, zur Missachtung unbrauchbarer Verkehrszeichen, zum Auflaufen lassen verlogener Politiker."

So sehr ich mich also durch ihn bestätigt fühlen durfte, meine Punkte in Flensburg bei Missachtung unbrauchbarer Verkehrszeichen wird er trotzdem nicht übernehmen.

Schwammerlsuchen

„Fliegen wir noch eine Schleife zu den Wiesenchampignons rüber oder habt's schon genug?" Grinsend und im besten Oberpfälzer Dialekt legte Feldwebel Hans Werz von den Straubinger Heeresfliegern seine Bo105, den seinerzeit wendigsten Bundeswehrhelikopter von Messerschmidt-Bölkow-Blohm steil in die Kurve und fiel magenschwerelos hart nach links ab.

Er war auf die grandiose Idee gekommen, während des Fluges zum Auftanken in Straubing, Schwammerl zu suchen. Mit dem Hubschrauber. Irgendwo in der Pampa bei Mitterfels. Dazu musste man natürlich regelmäßig im

Sturzflug auf die Schwammerlwiese zuhalten und die Bo105 etwa fünf Meter über Grund abfangen. Denn erst da sah man die Pilze. Er war Meister darin.

Der Sturzflug war wohl unverzichtbar und als Überraschungsmoment gedacht, um zu verhindern, dass die Schwammerl sich wieder vorzeitig in den Boden verziehen. Der flugfreudige Feldwebel war dann tatsächlich gelandet und hatte die Wiesenchampignons eingesammelt. Eine beachtliche Ausbeute, die wohl nur nach ausgiebigem Luftkampf zu erzielen war. Ich habe ihm beim Einsammeln geholfen und unser Kameramann auf dem Rücksitz ging währenddessen eine Runde raus zum Speien. Dann flog man zum Auftanken.

In jener Zeit um 1987 stand der Russe als Gebilde des Warschauer Paktes und hier ganz konkret in Form der tschechischen Volksarmee direkt östlich hinter Furth im Wald. Man wusste, dass er nur von dort kommen könnte. Aus dem Süden eher nicht. Da lag Österreich. Ergo musste man sich auf seinen Besuch, der hoffentlich nie stattfände, vorbereiten. Und so meinte mein Bataillonskommandeur, ein Video aus dieser Ecke Niederbayerns, für die wir im Verteidigungsfall verantwortlich gewesen wären, könnte hilfreich sein.

„Oberleutnant Trunzer, Auftrag! Sie fahren in den Bayerischen Wald unter strengster Geheimhaltung, sagen Ihrer Frau nichts, nur so viel, Sie wären im Raum Ost. Dort drehen Sie einen Videofilm über unseren GDP, den General Defense Plan, also über das Gebiet, das wir im Ernstfall gegen den Russen verteidigen müssen."

Heute unvorstellbar, waren zu damaliger Zeit detaillierte Pläne ausgearbeitet worden, wer wann was zu tun hatte, wenn der Warschauer Pakt angegriffen hätte. Diese Pläne und Planspiele hatten einen höchst reellen Rahmen, der in seiner detaillierten Ausprägung wenig bekannt war. In allen NATO-Streikräften war er ein beherrschendes Thema und wurde ständig geübt und auf aktuellem Stand gehalten. Jeder Offizier musste im Ernstfall genau wissen, wo er zu verteidigen hatte.

„Damit ersparen wir uns, dass jeder dorthin reist. Wer braucht schon einen ständigen Offiziersauflauf an der Zonengrenze. Und dann können wir alle unsere Leute im Allgäu über unseren Verteidigungsraum aufklären und schulen."

Seine Begründung klang schlüssig.

Ich hatte keinen blassen Schimmer wie man so einen Videofilm dreht, aber ich hatte große Lust darauf und das sollte reichen.

Der Filmdreh klang grundsätzlich nach einem Plan, würde er doch die dort lauernden Tschechen oder Russen nicht unnötig nervös machen oder gar aufscheuchen. Sehr klug gedacht. So wurde ich Filmregisseur und fuhr zusammen mit einem Offizierskameraden und einem Filmteam aus Sonthofen von der dortigen Bundeswehrschule nach Kötzting. Die Gegend war unser Set. Zonenrandgebiet, Flugüberwachungszone, jeder Hügel vollgestopft mit Horchposten und Radar. Jede größere Straße war durchlöchert mit vorbereiteten Minenschächten, die von sogenannten Wallmeistern betreut wurden. Wir bekamen zwei Hubschrauber zu unserer Verfügung.

Einer war die besagte Bo 105, aus der gefilmt werden sollte, etwa wie der angreifende Russe oder Tscheche unsere schöne Cham-Further-Gegend sehen würde und der andere eine Alouette des Bundesgrenzschutzes, weil man sich ja dort im Grenzgebiet befand und die tschechischen Kampfhubschrauber ruhiger waren, wenn sie ihre vertrauten deutschen Grenzschutzhubschrauber sehen würden. Die Bo105 war an der Zonengrenze eher ein Fremdkörper. So flogen und filmten wir fleißig, winkten den tschechischen Kampfhubschraubern zu und sammelten Rohmaterial für ein Video, das später mal alle relevanten Gebirgstruppenoffiziere schlagartig auf die brisante Sachlage einstimmen konnte. Der filmende Hauptfeldwebel aus Sonthofen brachte dabei die meisten Opfer, vor allem beim Wiesenchampignonsuchen.

Meine Aufgabe war es, aus dem ganzen Rohmaterial später einen Film zu schneiden. Den habe ich dann archaisch musikalisch mit dem Walkürenritt von Wagner unterlegt, weil ich kurz vorher den Film „Apokalypse Now" gesehen hatte. Dort griff zu jenen Klängen ein komplettes Kampfhubschraubergeschwader ein Vietcong Dorf an. „Apocalypse Now" war ein guter Film und mein Video war das auch. Nicht nur wegen dem Walkürenritt. Doch kurz darauf geschah es. Der schwarze Schwan tauchte auf. Die Mauer fiel, der Eiserne Vorhang verschwand, der Warschauer Pakt löste sich auf, der Russe zog sich zurück und mein Video versank wenig umjubelt im Archiv.

Erstaunlich, was nach dem Mauerfall so alles für die Katz war. 1989 war Deutschland wieder vereint und drei Monate später war ich raus aus der Bundeswehr und drin beim Unternehmen Liebherr, zuerst als Personalchef und später als Geschäftsführer, erst in Bayern und dann im Württembergischen. Dem zivilen Neubeginn lag ein gehöriger Zauber inne.

III

In Aktion

Nur gegen Beleg

Wenige Tage nach meinem Start als Geschäftsführer in Ehingen, kam der Verkaufschef für Gebrauchtkrane zu mir. Ein gewichtiger Mann. In jeder Hinsicht.

Er war nicht angestellt, sondern arbeitete als Selbständiger, war aber voll eingebunden in die betrieblichen Abläufe, also mit Büro und Titel und Vorgesetzteneigenschaft. Heute unvorstellbar, gab es das zu jener Zeit gar nicht mal so selten. Diese Leute waren klassische Scheinselbständige, also formal selbständig tätig, aber in der Praxis alles andere als das. Er vereinte alle möglichen Arbeitskategorien in sich. Verkäufer, Abteilungsleiter, Vertreter, selbständiger Agent. Wo ich herkomme, kennt man ein solches Kunstgeschöpf als Wolpertinger, dargestellt als Eichhorn mit Geweih, einem Fuchsschwanz und Bussardflügeln. Es vereint alles Mögliche zu einem einzigen Geschöpf.

Der Mann jedenfalls war mir unsympathisch. Das fing schon mal damit an, dass er regelmäßig dreißig Zentimeter zu nah rankam. Jeder Mensch hat so ein gewisses Abstandsgefühl, da fühlt er sich wohl, das ist seine Komfortzone, da hat er keine Sorge, dass sein Gegenüber ihn knutschen will, da herrscht keine körperliche Aufdringlichkeit. Manchen Leuten fehlt hierfür jegliches Gespür. Die laufen auf einen auf, als ob ein Riechtest durchgeführt werden soll. Da ändern dreißig Zentimeter die Dimensionen grundlegend. Wenn so ein Ranschleicher dann auch noch schwitzt und so eine flapsige, leicht abschätzige Art an den Tag legt, dann braucht es enorm viel Toleranz und Menschenliebe, um das zu mögen. Das hatte ich nicht. Also auf jeden Fall nicht bei Männern.

Dieser Gebrauchtkranwolpertinger kam wie schon gesagt zu nah zu mir, zu sehr schwitzend, zu laut keuchend und hielt mir einen handgeschriebenen Zettel über 750 Euro unter die Nase.

„Wassn das?", fragte ich.

„Sehen Sie doch, ein Ausgabenbeleg", gab er zurück.

Es war ein karierter Zettel, etwa Klopapiergröße mit einer Zahl drauf und den Wörtern Erotik Park Ulm. Selbstgekritzelt. Sein Verkaufsmitarbeiter hatte mit koreanischen Kunden in Ulm den Erotik Park besucht, und ich sollte das jetzt bitte zwecks Erstattung abzeichnen. Die Kunden hätten das umfangreiche Leistungsspektrum so bereitwillig wie erfolgreich in Anspruch genommen und wären im Übrigen überaus zufrieden gewesen.

„So geht das nicht, ohne sauberen Beleg gibt es kein Geld. Und überhaupt, woher wird denn ersichtlich, dass da tatsächlich eine adäquate Dienstleistung erbracht wurde", war meine Antwort.

„Ich hätte das wohl noch persönlich überwachen müssen. Gehen Sie doch das nächste Mal mit, da können Sie die Rechnungsprüfung gleich vor Ort durchführen" entgegnete er mir leicht erzürnt.

Letztlich war Rechnungsprüfung nicht meine Aufgabe und als Geschäftsführer soll man sich leider auch nicht um jedes Detail kümmern. Ich blieb dabei, so ginge das nicht.

„Hören Sie", sagte er, „früher ging das anstandslos. Ein Kranverkauf lebt auch von den begleitenden Maßnahmen und dort in Ulm gibt es flankierende Argumente grad genug. Wissen Sie was Verkaufsförderung ist? Ne, Sie sind ja auch kein Vertriebler. Kein Wunder, Kunden haben eben oft sehr menschliche Bedürfnisse und das kann man ja sogar als Finanzer verstehen. Die Koreaner haben in Korea eben nur Koreanerinnen und hier sind die großen Frauen mit den langen Beinen und den geraden Nasen mal was Exotisches für die. Und wenn die gut gelaunt sind, kaufen die auch."

Seine Belehrung half auch nicht weiter. Irgendwie musste die Kuh vom Eis. „Was wurde denn getrunken?"

„Na was wohl? Sekt natürlich."

„Und der wurde extra bezahlt?", meine Frage war eher rhetorischer Natur.

„Ja nein, der war natürlich dabei. Inkludiert. Praktisch die Beigabe."

„Aha, dann drehen Sie doch den Spieß um", sagte ich.

„Wie, welchen Spieß jetzt?" Der Mann stand aber auch sowas von auf der Leitung.

„Herrgott, muss ich Ihnen jetzt jede kreative Lösung bis ins Detail vorbeten! Sie sind doch der mit allen Wassern der Raffinesse gewaschene Vertriebsprofi." Ich hatte damit seine grauen Zellen angeregt. In seinem Oberstübchen arbeitete es heftig.

„Ach so, Sie meinen, der Sekt war sauteuer und der Rest kostenlose Dreingabe und ich lasse mir jetzt einen Beleg über 750 Euro vernichteten Sekt geben." Er blickte mich erst leicht ungläubig an und dann wie ein Fabelwesen. Während er seine Gedanken in Worte fasste, ließ sich beobachten, wie es ihm solide dämmerte.

„Sie sind mir aber ein Ausgefuchster. Aber stur sind Sie trotzdem", blaffte er und eilte von dannen, um in seiner Abteilung kreative Anweisungen zur Belegeinholung zu geben.

Ich war leider gezwungen, mir den Ortstermin zu ersparen.

Die Zeiten hatten sich geändert. Nicht nur wegen mir, sondern auch vom Gesetzgeber her. Noch in den späten neunziger Jahren war Bestechung legal und das Rotlicht im Zwielicht. Heutzutage ist Bestechung illegal und Deutschland ein legales Rotlichtparadies, aber eben nur mit sauberem Beleg. Man kann vieles machen, sofern man einen Beleg hat. Und genau den lieferte mir der Wolpertinger eine Woche später. Ein astreiner Verzehrbeleg über zehn Flaschen Sekt und 750 Euro. Verzehr ist ein weiter Begriff. Die Sektkorken waren als Nachweis entbehrlich.

Blätterteigwüste

Es gab gute Kekse. Und es gab eine vielfältige Auswahl davon, wobei von den Besten am meisten auflagen. Wir waren zusammengekommen im erlesenen Kreise von Konzerngeschäftsführern und Konzernbetriebsräten. Es ging darum, ein Einvernehmen herbeizuführen über ein Bündel unangenehmer Maßnahmen, die in einigen Konzerntochtergesellschaften als unabdingbar angesehen wurden. Es war also kein sehr freudiges Ereignis und deshalb wohl gab es neben Kaffee und anderen Getränken eben gute Kekse. Nervennahrung.

Ich gehe generell viel lieber zu solchen Besprechungen, wenn es etwas zu futtern gibt. Butterbrezen erzeugen in der Regel eine umfassend positiv stimmende Gemütslage. Allerdings müssen die Brezen frisch sein und die Butter handgestrichen. Das ist eine unabdingbare Voraussetzung für eine gute Besprechungsgemütslage, ein sogenanntes Muss. Vollkommen demotivierend sind labberige Brezen, denen die Butter mit einer Kanüle reingespritzt wurde und die dann zwei Stunden unverzehrt rumliegen. Welcher Wahnsinnige injiziert denn Butter mit einer Spritze in eine gestandene Qualitätslaugenbrezel. Das wäre ja in etwa so, als wenn man aus Weißwürsten eine pürierte Weißwurstsuppe machen würde und die dann durch einen Strohhalm schlürft. Da würgt es einen schon bei der bloßen Vorstellung.

Brezen gab es nicht, aber die Keksauswahl war akzeptabel und meine Favoriten waren allesamt im Angebot. Ich habe ordentlich zugegriffen. Nicht weil es kostenlos war, sondern weil der Körper aufgrund der biorhythmischen Zeit der schwäbischen Morgenvesper danach verlangte. Wegen der Kekse konnte man wieder kommen in die heiligen Verhandlungshallen der Konzernzentrale.

Beim nächsten Mal bin ich deshalb höchst euphorisch im Besprechungszimmer eingelaufen. Doch es sollte anders kommen. Schon beim Betreten des vertrauten Raumes zeigte sich die gänzlich veränderte Situation sofort in ihrem katastrophalen Ausmaß. Kein Keksbuffet. Es gab nur einzeln abgepackte Blätterteigkekse. Die Sitzung würde eine elende Bröselei werden. Und an eine halbwegs passable Gemütslage, erzeugt durch flankierend schnabulierte Qualitätskekse in gebotener Verfügungsvielfalt war nicht zu denken.

Was ich auf den Tod nicht ausstehen kann, ist fehlende Keksauswahl. Und vor allem wenn es nur Zartbitter gibt. Zartbitter mag nur mein jüngster Sohn. Ich weiß gar nicht, woher er das hat. Also von mir nicht. Meine Mutter mag zartbitter. Aber da ist sie die Einzige. In der Familie meiner Frau ist kein einziger Zartbitterfan bekannt. Zartbitter spricht in unserer Familie klar gegen die Mendelsche Vererbungslehre.

Aber hier in dieser Sitzung gab es nicht mal die Wahl zwischen Pest oder Cholera, also Blätterteig oder Zartbitter. Es gab nur und ausschließlich Blätterteig. Und wir waren rangmäßig nicht minder hochkarätig besetzt als beim letzten Mal. Überdies handelte es sich um eine reine Geschäftsführersitzung ohne die Betriebsratsvertreter. Wir sprechen hier von der aller-obersten Ebene. Geballte Erfahrung, konzentrierte Macht, durchschlagende Entscheidungskraft. Und die füttert man mit bröseligem Blätterteig.

Ich hatte beim Treffen zuvor besonders darauf geachtet, die bevorzugten Kekssorten mit demonstrativer Präferenz und höchstem offensichtlichen Entzücken in großen Mengen zu vertilgen. Ich hatte die einschlägigen Sorten leergefressen. Der Gastgeber sollte nicht im Zweifel über meine wahren Bedürfnisse gelassen werden. Mehr konnte ich nicht tun.

Und jetzt das.

Blätterteig ist für mich das Letzte. Das weiß nach achtundzwanzig Jahren Ehe auch meine Frau. Zwei Tage später sollte es wieder eine große Sitzung geben. Für mich gab es dann mehrere Möglichkeiten.

Zum einen könnte ich mich in stoischer Gelassenheit auf die dann herrschende Kekslage einlassen. Gäbe es wieder Blätterteig, könnte ich die Sitzung verlassen. Es könnte aber auch bedeuten, dass man mir damit zu verstehen gäbe, dass mir demnächst nahegelegt werden würde, um eine Entbindung von meinen Aufgaben zu ersuchen. Das wäre mein Blätterteig-Gate. Das war unwahrscheinlich.

Ich könnte aber auch selbstbewusst und subtil lästern, irgendwie in Richtung „billiger Restposten an Blätterteig" oder „hat der Einkauf einen Container Blätterteig günstig bekommen?" oder ich platziere ein hämisches Lob auf die kekszentrierte Nahrungsstandardisierung. Oder ich bringe eine eigene erlesene Keksauswahl in der Tupperdose mit. Nur für mich oder doch besser für alle Teilnehmer, um meine Kollegen vor einseitiger Blätterteigernährung zu bewahren.

Das größte Ärgernis war und blieb jedoch der Umstand, dass sich ein Top-Performer wie ich, ein Spitzenmanager, eine Größe der überregionalen Wirtschaft, ein Wegbereiter der Zukunft, ein Visionär des Gestaltbaren, einer der wie kaum ein zweiter für die empathische Elite des Landes steht, also dass sich so einer mit so einem Thema abgeben musste. Ich konnte doch wirklich verlangen, dass man mir ein Mindestmaß an Gespür entgegenbrachte. Die Leute hatten sonst nicht so wahnsinnig viel zu tun. Die mussten im Allgemeinen, sagen wir mal, maximal dreißig Prozent der Dinge im Kopf haben, die ich Tag und Nacht verarbeiten musste. Tagtäglich. Ist es da vielleicht zu viel verlangt, eine akzeptable Auswahl an Vollmilchkeksen aufzulegen?

Da fängt es schon an. Gute, kreative Unternehmensführung hat die Kleinigkeiten im Blick.

Blätterteig, ich meine einzeln verpackte Blätterteigkekse mit irgendeinem Marmeladenschlotz in der Mitte sind keine gute Lösung. Sie sind einfallslos. Etwas für Looser. Und wegen des anfallenden Verpackungsmülls ja auch umweltethisch vollkommen daneben. Warum gibt es eigentlich keine EU-Verordnung über einzeln verpackte Blätterteigkekse?

Mit diesen Bröselteilen kann man keine guten Entscheidungen treffen. Die Brösel legen sich zwischen die Nervenbahnen und es knackt unablässig beim Denken. Haben Sie schon mal gesehen, wie wunderbar flüssig Vollmilchkekse in der Sonne werden. Da flutscht es richtig.

74

Kekse sagen viel aus über das Management eines Unternehmens. Man sollte das wissenschaftlich untersuchen oder ein Managementbuch darüber schreiben.

Zwei senkrecht

Ich hatte mal einen Kollegen, der kritzelte regelmäßig mit jedwedem Schreibgerät auf alles greifbare Papier. In meiner Schule hieß es, unruhige Hände verschmieren Tisch und Wände. Oder hieß es verzieren statt verschmieren? Ich weiß das nicht mehr. Er jedenfalls malte was das Zeug hielt. In Sitzungen, in Besprechungen, bei Tagungen malte er Formen und Zeichen auf die weißen Restflächen der Vorlagen. Kleine Männchen, Ornamente, geometrische Figuren, Wellen, Strahlen, Pfeile, Zacken, Sterne, Milchstraßen, Sonnensysteme und manchmal auch Erinnerungen aus dem vorschulischen Malkreis. War dann alles verziert, übermalte er verstärkend die bereits erzeugten Runenfelder. Er hat dann das Unternehmen verlassen und wurde Vorstandsvorsitzender in einem MDAX Konzern. Dafür muss man vielseitig begabt sein.

Neulich habe ich im „Handelsblatt" gelesen, dass kritzeln ebenso konzentrationsfördernd wie entspannungswirksam sei. Ein ähnlicher Effekt sei dem Lösen von Kreuzworträtseln und Sudokus zuzuschreiben. Die erfreuen sich sogar im „Handelsblatt" weit überdurchschnittlicher Beliebtheit, was den Wirtschaftsredakteuren etlichen

Frust bereitet. Was müht man sich auch ab mit wochen-
langer Recherche und tagelangem Schreiben als ambitio-
nierter Journalist, um dann festzustellen, dass die Leute
schnell querlesen und die Texte meist überfliegen, um
alsbald bei der Frage nach einem großen italienischen Fluss
zu landen, senkrecht, zwei Buchstaben. Den Po kennt
man. Warum aber sind Rätsel auch in Top Etagen so
beliebt?

Manager sind in der Regel auch nur Menschen. Manche
haben die Menschen über und sind dann Über-Menschen.
Sie tun sich jedoch mit dem Abstraktionsgrad des Lebens
kaum weniger schwer als die meisten Normalbürger. Die
linke, rational denkende Gehirnhälfte der Überflieger leidet
beim täglichen Führen, Analysieren, Delegieren, Überwachen, Bestimmen, Kommunizieren, Echauffieren, Anti-
chambrieren und Egostilisieren nicht nur unter
Muskelkater, sondern beginnt aus Überlast zu krampfen.
Rechts, da wo Musik, Kunst und Malerei vor sich hin dar-
ben, herrscht quasi ein Wachkoma. Im Corpus callosum,
das ist die Verbindung zwischen den beiden Hälften des
Denkorgans, wächst Moos zwischen den Verbindungs-
schienen. Dort tut sich wenig bis nichts.

Jetzt kommt die Kritzelei ins Spiel. Schreiben plus Denken und dazu vielleicht noch Männchen malen und Ornamente skizzieren regt die kognitiv-kreativen
Friedhofsregionen im Oberstübchen wieder an. Da hat
man was zu Papier gebracht, das man versteht, es ist überschaubar und es entstammt eigener Feder und Fantasie.
Die rechte Hirnhälfte erwacht aus ihrem Dauerenergie-
sparmodus. Kreuzworträtsel lösen und Männchen malen

ist wie Holzhacken. Man sieht den Erfolg sofort. Wo gibt es das sonst noch am Schreibtisch.

Man setze sich mal stundenlang in Sitzungen und fabuliere über tabellenwirksame Prozentsätze, Working Capital Management, Borrowing Lease Modelle, Liquiditätsoptimierung, Zurückbehaltungsrechte und ungedeckte Leerverkaufspositionen. Die nicht erfasste und in aller Verzweiflung niemals beherrschte Komplexität des Wirtschaftslebens ist kein Spaß. Also, wie dämmt man sie ein, die nagenden Selbstzweifel, ob man wohl doch zu blöd sei für ein Verständnis der gesamten globalen Welt und dem Drumherum? Richtig: Fluss in Italien mit zwei Buchstaben? Po. Aha, schon kann ich assoziieren. Ich sitze auf meinen vier Buchstaben und damit auf wem? Genau. Dorthin versenke ich meine Gedanken beider Hirnhälften, brüderlich vereint im Beckenboden.

Blut spenden

Man konnte Blut spenden und ich hatte mir vorgenommen, auch was zu geben. Das ist was ganz Persönliches, etwas, das man von ganzem Herzen gibt. Man pumpt es geradezu raus. Welche Gabe könnte besser sein als diese. Selbst gemacht. Mit viel Liebe, Empathie, Mitgefühl. Ein halber Liter soll es sein. Bestes Geschäftsführerblut.

Ungedopt, nicht verschnitten, gereift in Allgäuer Stammzellen.

Wenn man dem japanischen Wasserpapst „Emoto" Glauben schenken darf, dann spiegelt sich im Wasser viel von seiner Umgebung wider. Von den Stimmungen und Schwingungen angeregt, vom Träger durch und durch beherzt und beseelt ist Blut nichts anderes als Wasser mit ein paar Zusätzen. Eine Art Schorle.

Dem späteren Unbekannten, der mein Blut einmal bekommen würde, dürfte spürbar anders werden. Er würde nach seiner Blutauffrischung wunderbar delegieren können und vergessen haben, wie man sich seinen Kaffee selbst macht. Er könnte jederzeit locker drei Dinge gleichzeitig tun und an mindestens zwei Besprechungen parallel teilnehmen. Selbst bei Fachthemen, die er nicht gut durchdrungen hat, gelänge es ihm, überzeugende Statements im Ungefähren abzugeben. Möglicherweise entstünde jedoch so etwas wie ein anaphylaktischer Bedeutungsschock. Wenn das Blut eines Menschen mit hohem Wichtigkeitsgrad auf einen relaxten Normalblutkreislauf trifft, dann mag eine solche Überreaktion nicht auszuschließen sein. Kaum auszudenken, was mit einem Normalsterblichen passieren könnte, wenn er mit dem gespendeten Blut eines Bundesministers gedopt würde. Ein astreiner ministerieller Blutmutant.

Auf dem Weg zur Zapfstelle, der Blutspenderaum befand sich passenderweise neben der Getränkezapfstation in unserer Kantine, fühlte ich mich an die Schulspartage der Grundschulzeit erinnert. Blut klappert jedoch nicht so schön wie die alten bunten gusseisernen Schulsparkassen.

Freudig angespannte Erwartung lag im Raum, wie viel darf man anlegen in der Blutbank, welche Anerkennungsgeschenke bekommt man ausgehändigt, etwa ein Pflasterpäckchen, und wer läuft am schnellsten aus. Leistungsspenden hat was von Wettmelken. Ich selbst wähnte mich bei den Hochleistungskühen.

Das Rote Kreuz zeigte sich zufrieden. Während das Spendenevent wie ein Uhrwerk ablief, war die allgemeine Freude groß. Immer wieder klang durch, wie schön es doch sei, dass gerade so viele Erstspender gewonnen werden konnten. Vielleicht würden viele nun ja auch dabeibleiben, Freude finden am Ausbluten. Aderlass im Kreise Gleichgesinnter. Schächten im Gruppenrahmen. Halal ihr alle, echt koscher. Später vielleicht mit Urkunde. Ich dachte an den Spender mit rotem Ehrenkreuz auf stilisierter Blutkonserve.

Welche segensreichen Wirkungen darf der Blutkonservenempfänger nun von Geschäftsführerblut erwarten? Bei diesem Stoff gibt es auffallende Qualitätsunterschiede. Die Güte hängt ganz vom Spender ab. Geschäftsführer bieten heutzutage alle gängigen Qualitätsniveaus. Allerdings weiß man das erst im Nachhinein. Einschränkend wirkt, dass die hoffentlich vorteilhafte Halbliterblutauffrischung beim Aufnehmenden eine eher homöopathische Menge im Vergleich zu den restlichen Körperzellen darstellt. Nebenwirkungen können auftreten. Und eine seltene Erstverschlimmerung nach Aufnahme des Spenderblutes mag sich dadurch zeigen, dass der Empfänger nach der Transfusion nur noch unverständliches fachwortstrotzendes Zeug in langen Aktiv- und Passivsätzen von sich gibt und andere ständig für sich arbeiten lässt. Infolgedessen könnten die eigenen Freunde am Stammtisch ihm im unglücklichsten Fall schon dreimal die Fresse poliert haben wegen dem langatmigen Scheiß, den er ständig verzapfte.

Eine Community im Web, ein „director`s blood-blog" ist nicht bekannt, scheint aber nicht ausgeschlossen. Dort würden die mit einer derartigen Blutkonserve bedachten Empfänger dann ihre einschlägigen Erfahrungen wiedergeben. Geschäftsführerblut könnte auch als belastend empfunden werden. Die sicherlich wenigen Betroffenen mögen feststellen, dass es sich hierbei nicht um eine bewusstseinserweiternde Substanz gehandelt habe. Also im Regelfall. Obwohl es durchaus Geschäftsführer geben mag, die ihre Firmen so führen, als ob sie psychedelische Pilze zuhauf konsumierten. Aber diese Leute spenden selten Blut, sie hinterlassen eher ein wirtschaftliches Schlachtfeld. Wenn ein Blutkonservenempfänger sich überhaupt etwas wünschen dürfte, dann wäre es wahrscheinlich Blut von einem Aktienanalyst. Allerdings nur von Top-Leuten erster Wahl. Da hätte man ein Geschäftsmodell fürs Leben. Einmal richtig Blut gerochen und man hätte ausgesorgt.

Beim sich an die Blutspende anschließenden Essen, schwäbisch Vesper, meinte einer, es sei außergewöhnlich, dass die Firma das ermögliche. Sehr sozial, wenn man bedachte, dass doch Arbeitszeit draufginge. Auch indirekt. Blutarmut sei zudem im Verdacht, zu verlangsamen, denn spenden dauert und danach fehlt einem was im Kreislauf. Aber man gibt mit ganzem Herzen.

Ich war nicht nur Spender, sondern auch Kaufmann und kalkulierte sofort dagegen. Ein Raucher bringt es auf drei zusätzliche Pausen pro Tag, in Summe 20 Minuten, macht pro Jahr 400 Minuten oder zirka 70 Stunden. Der Spender verbummelt, sagen wir mal zwei Stunden. 70 Jahresraucherstunden entsprechen dem Äquivalent von 35 Spendern. Bei 0,5 Litern pro angezapfter Vene pustet also der Raucher vergleichsweise 17,5 Liter Blut in die Luft.

Drum bleiben die schlank.

Nachtgedanken
eines verkappten Schweißers

Noch war er verschweißt in der Kunststoffklarsichtfolie. Die musste man aufreißen, um an die Schutzbekleidung aus Leder zu kommen. Man hoffte nicht, dass die Naht hielt. Eine Kunststoffschweißnaht soll auch gar nicht halten. Sie riss also und die Jacke passte, die Handschuhe auch. Das Schweißgreenhorn hatte sich eine Jeans angezogen. Die sollte alt genug sein für den ersten Schweißkurs des Lebens. Andere Sachen waren früher schon mal schweißtreibend. Aber diesmal wurde es ernst an diesem Montagabend im Januar.

Ich hatte mich angemeldet zu einem abendlichen Hobbyschweißkurs für Nichtfachleute unter dem griffigen Kurstitel „Schrottschweißen für Anfänger". Schweißen war in unserem Unternehmen überlebenswichtig. Bei Mobil-

kranen musste viel geschweißt werden und die Schweiß-
nähte mussten vor allem halten. Ohne gute Schweißfach-
leute hätte es unser Unternehmen nie gegeben. Also wollte
ich als gelernter Bürohengst wissen, was es damit auf sich
hätte. Wenigstens im Ansatz. Einfach mal reinschnuppern.

Jeder Schweißkursteilnehmer hatte eine eigene Schweißkabine, ein Separee, ein verschwiegenes Eck, durch einen
roten Kunststofflamellenvorhang abgetrennt. Klingt ku-
schelig, aber dahinter ging es zur Sache. Es wurde da richtig heiß. Das ist nichts für Minderjährige. Denken Sie aber
nicht, das wäre jetzt etwas Unanständiges. Hat nichts mit
den „Ulmer Donaumiezen" oder dem „Saunaclub Cleopat-
ra" zu tun.

Draußen vor der Schweißkabine 2 stand links oben
mein Name. Vor- und Zuname. Bei meinem Büro war das
anders. Oder bei Veranstaltungen. Da stand dann auf dem
Anstecker Herr Trunzer, oft nur H. Trunzer. Man könnte
dann annehmen, ich heiße Heinrich oder Hinnerk oder
Hein. Aber im Allgäu heißt kein Schwein Hein. Hinnerk
geht auch gar nicht. Es wäre sogar ein rechter Mist so zu
heißen.

Fassen wir mein Outfit zusammen: Lederjacke, total
verwaschene Jeans, Lederhandschuhe, geschlossene Si-
cherheitsschuhe und Vor- und Zuname. Sind Sie schon
mal in diesem Outfit rumgelaufen? Man steht schon ganz
anders da. Archaisch. Der Gang stampfend, schwer drückt
die Schweißlederrüstung über die Schultern in den Beckenboden. Da ist jeder Schritt Beckenbodengymnastik.

Dann Schutzhelm auf, Sichtschutz runter, gib Stoff, der
Strom fließt, gleißender Lichtbogen, spritzende Funken,

schmelzendes Metall. Dass ich voll daneben lag mit meinem Outfit in der Schweißkabine 2 merkte ich erst, als sich meine schön verwaschene Jeans beim fröhlichen Schweißen auflöste. Das hatte Gott sei Dank keiner gemerkt. Der Herr Vor- und Zuname Geschäftsführer hatte vergessen, den Schweißlatz anzulegen. Den, der über die Hose geht.

Weil die glühenden kleinen Schweißtröpfelchen, diese hinterlistig flüssigen Drahtaerosole, die höllenmäßig in der Kabine rumschwirren und sich beinahe der Schweißabsaugung entziehen - die hatte ich übrigens eingeschaltet, nur damit das klar ist und keiner denkt, ich wäre komplett daneben - weil sich also diese elenden Schweißtropfenmistkäfer gern von der Baumwolle meiner Jeans ernährten, spürte ich etwas. Ich merkte das natürlich unter meinem Schutzhelm erst, als es so komisch um mein Knie rum kitzelte. Erst hatte ich gedacht, na das ist ja nett, dass mich da jetzt eine der jungen Damen unseres Schweißkurses krault. In meinem Alter glaubt man ja noch an so was. An eine Schweißkraulerin, ein Schweißflirt am Knie, wenn Sie so wollen. Im Übrigen habe ich ein recht ansehnliches Knie, fast schön, könnte man sagen. Leider blieb die Schweißkraulerin ein frommer Wunsch.

Die Damen hatten besseres zu tun als einen zu kraulen, der den Lederschweißlatz fürs Knie vergessen hatte. Was sollte man ihn auch kraulen, wenn er seinen Latz nicht nahm.

Schweißen ist Compliance in Reinform. Compliance kennen Sie? Das ist ein wichtiges, ehrliches, unnachgiebiges, eindringliches, gänzlich schuldbefreiendes deutsches Wort für nicht tricksen, nicht beschummeln, alles ordentlich machen und keine falschen Worte benutzen. Neuerdings fällt darunter auch ein gediegener Genderwahn. Alles ist heute Compliance in Unternehmen.

Also, eine schlechte Schweißnaht ist eine rechte Scheißnaht. Da kannst du nicht beschummeln. Und ich erzeugte viele Scheißnähte. Schweißt du zu lange an einem Eck, ist das Eck weg. Bei mir hatte es einige Ecken weggebrutzelt, in die Atmosphäre verheizt, verfeinstaubt, quasi.

Die Regel ist einfach: Schlecht geschweißt bleibt schlecht geschweißt oder man definiert es schnell als echte Kunst. Ich hatte mich für die Kunst entschieden. Das klingt viel besser. Schweißstunde um Schweißstunde wurde mein Werk zum Kunstwerk. Irgendwann war es dann so weit. Die Frage des Schwerpunktes musste geklärt werden. Sonst kippte die ganze Schose, blieb nicht stehen, jedenfalls nicht von selbst.

Da es sich bei meiner Kunst um ein Federvieh in der Größe eines Straußes handeln sollte, war die Schwerpunktfrage wesentlich. Es musste im Gleichgewicht bleiben, sollte nicht wanken oder kippen. Ein riesiger Wackeldackel sollte es keinesfalls sein. Die zentrierte Lösung war vor allem deshalb wichtig, weil ich mich für die Nachbildung eines Zweibeiners entschieden hatte, der mindestens seit etwa 70 Millionen Jahren ausgestorben sein musste. Ich nannte ihn Ferropterix. Ich habe ihn maßstabsgetreu 1:1 und als extrem kurzsichtig und dauerhaft stehfähig nachgebildet. Wenn er schon so lange ausgestorben war, dann sollte er wenigstens nicht dauernd umfallen, so dachte ich mir.

Der Ferropterix war nach den von mir selbst etablierten heutigen Erkenntnissen vollkommen flug- und zeugungsunfähig. Die Fachwelt wundert sich deshalb seit 187 Jahren, warum es ihn überhaupt gegeben haben mag. 1826 fand man die ersten Überreste seiner körperlichen Hauptbaugruppen in den Erzminen von Südafrika. Unklar ist bis heute, ob die Flugunfähigkeit Folge der Sehschwäche war. Der Ferropterix wird aufgrund seiner äußeren Erscheinung, die einem zweibeinigen Federvieh ähnelt, der Gattung der sumpftauglichen Stampfelwingler (Aerosolus metallicus) zugeordnet.

Mein Ferropterix enthielt original Molekularüberreste des Eisenerzes aus seiner Lebensumwelt vor etwa 70 Millionen Jahren während der Kreidezeit in der Periode des Mesozoikums, also dem Erdmittelalter. Auf diese Periode könnte man auch die Zeit seines Aussterbens datieren, so es ihn denn gegeben hätte. Wenn es eine Fachwelt gäbe, die sich damit beschäftigt hätte, dann wären diese Experten heutzutage weitgehend gesichert davon ausgegangen, dass der Ferropterix wesentlich unter dem Auftreffen eines gewaltigen Kometen auf die Erde gelitten hat. Sehr wahrscheinlich ist er weggeschmolzen wie die Polkappen auch.

Lange hatte ich überlegt, ob der Vogel komplett wäre. Erst wollte ich ihm mit jeweils einem knackigen 160 Ampere Heftpunkt zwei Euros an den Kopf hinter jedes Ohr heften und ihn dann Europleitegeier nennen. In Schwaben gilt das aber als Verschwendung. Deshalb wollte ich die Verschwendung auf einen Euro reduzieren und ihm diesen an den Hintern heften. So spart man und hat gleich noch einen passenden Titel für das Werk: Der Euro am Arsch.

Das klänge einerseits zwar entmutigend schlecht, würde andererseits aber den Kriterien für einfache Sprache entsprechen.

Ich sollte mit meiner Kunst besser Mut machen. Schrottkunst ist Mutkunst. Jeder noch so schräge Vogel hat zumindest in den Medien seine Bewunderer und wenigstens einen, der stolz auf ihn ist.

Mein Ferropterix war übrigens tragbar und ist es immer noch. Wie ein Monster-Kofferradio. Kaum schwerer. Die Kunstwerke meiner Mitschweißer waren hingegen die reinsten Bandscheibenknacker. Von Hochheben keine Spur. Die meisten brauchten Gabelstaplerlogistik. Nicht so mein Stampfelwingler. Er ist einhändig eigenhändig tragbar. Sehr erträglich. Vielleicht wird er mal ertragreich. Aber ich werde ihn wohl nicht hergeben.

Als ich mein Eisenviech dann aus der Schweißkabine heraustrug, froh des gelungenen Werkes, es mochte halten, hoffentlich wenigstens ein Jahr, da wischte sich die Schweißaufsicht - ich hatte das aus meinen Augenwinkeln gesehen - den Schweiß aus der Stirn: Gott sei Dank, der Herr Geschäftsführer hatte sich nicht in den Finger geschweißt und nicht in den Fuß geflext.

Das würde schon mal ein gutes neues Jahr.

Mit Fahrer

Die Herren trafen fast alle pünktlich im Hause des Arbeitgeberverbandes ein. Wenige dann doch verspätet. Geschäftsführer. Vorstände. Vielbeschäftigt. Visionen verfolgend. Strategien ersinnend. Probleme lösend. Schwer abkömmlich. Nicht schwerhörig.

Noch vor Beginn der Sitzung bildeten sich die üblichen aufgelockerten Gesprächsgrüppchen. Einige retteten, telefonierend und fußläufig die Stellung wechselnd noch mal schnell die Firma. Man begrüßte sich jovial. Einer schüttelte die Hände mit besonderer Dynamik. Der Vorgang schien Routine: Er ergriff die Hand des Grußempfängers, ein kaum wahrnehmbarer, eher angedeuteter Blick, schwach nickend, eine distanzierende Arroganz in eindringlich gebotener Unterschwelligkeit. Er schüttelte die Hand, kräftig und kurz, doch der Blick eilte sofort weiter, noch während des Schüttelns scannte er den Raum mit seinem Blick, wie eine Radarkeule, rundumblickend, vorausschauend, wie es sich gehört für den Kapitän auf der Brücke. Die Begrüßung wurde gesprochen, schien aber schon dem Nächsten zu gelten. Der so Begrüßte war schon nicht mehr im Blickfeld. Das kennt man von Politikern und ich dachte mir, was ist denn das für ein Vollidiot.

Während der Sitzung, die um zwölf Uhr begann, gab es Häppchen. Teilchen. Schnittchen. Mikrovesper. Während der Vorsitzende mit eloquenten Worten begann, hatte mein Gegenüber (nicht der Vollidiot) seine Schnittchenration aufgefuttert und sortierte in geschlossenem Mund mit gelenkiger Zunge die offenbar verstreuten Essensreste im Zahngrund. Man sah das deutlich im gelegentlichen Ausbeulen der Backen. Das interessierte mich und ich dachte mir, da könnte ich vielleicht noch was lernen. Aus eigener Lebenserfahrung weiß ich nur zu genau, wie hartnäckig sich zerkleinerte Nahrungsreste im hinteren Gebissbereich festsetzen. Im frühen Lebensmodell unserer Ahnen vor der Höhle und mit dem Speer am langen Arm waren keine Schnittchen vorgesehen. Wahrscheinlich müssen sich unsere Kauwerkzeuge und unsere Zunge erst noch an diese neue Futterform gewöhnen. Wie lange es wohl wieder dauern wird, bis die Evolution das hinkriegt.

Es geht nicht anders, wir werden die nächsten 5000 Jahre mit der Zunge zwischen Zähnen und Wangen rumpulen müssen und wer die Finger dazu nimmt, bei dem geht es zwar doppelt so schnell, doch nach Darwin wird er auf der Strecke bleiben wegen der Anwendung eines evolutorisch unerlaubten Hilfsmittels. Knigge wusste schon, was sich gehört, um zu überleben. Bloß nicht den Finger zwischen die Lippen stecken und das restliche Essen rauskramen.

Mein Gegenüber schien sich dessen bewusst. Seine Zunge flutschte, Wangen ausbeulend hin und her. Rechts unten vergaß er jedoch. Dort wird wohl nur im äußersten Notfall gekaut.

Schräg rechts gegenüber arbeitete auch einer an seinem Gebiss rum und tippte dabei gleichzeitig auf sein Mobilgerät ein. Die Worte des Vorsitzenden schwangen durch ihn hindurch. Körperliche Präsenz in einer bedeutenden Sitzung krönte sich in diesem Fall mit gleichzeitiger Fernbearbeitung der Bürovorgänge.

Ich sah mir den Burschen genauer an. Es bestand absolut kein Zweifel. Ich war mir sicher. Er hatte von allen Multitaskern die auffallendsten Manschettenknöpfe.

Während über die Auswirkungen der Künstlersozialversicherung bei nicht scheinselbständigen Freiberuflern doziert wurde, klingelte bei einem Teilnehmer am rechten Obertisch das Handy. So etwas wird heutzutage selbst in den hochwichtigen Kreisen nicht mehr toleriert, sondern mit einem, nach innen gerichteten, gutturalen Räuspern, zwar kaum hörbar, doch gleichzeitig durch alle wahrnehmbar, gnadenlos abqualifiziert. Die spirituellen Wertungsrichter warfen sich nur kurze einvernehmliche Blicke zu. Hauche von mitleidigen Blicken.

Ich konnte aber nicht sehen, ob der Konferenzwüstling Manschettenknöpfe hatte. Die meisten Manschettenknopfträger, eigentlich alle, waren mit Fahrer gekommen. Ein Fahrer ist das Nirwana des gelungenen Aufstiegs, ein unwiderlegbarer Beleg beruflichen Erfolgs. Man lässt vorfahren, steigt als Vorstand immer hinten ein, lässt sich auf den Rücksitz fallen und los geht es, meist mit einem gönnerhaften "Pack mer`s", oder „auf geht`s" jovial untermalt. Man hat immer Curbside Vorfahrt und Abholung am Flughafen direkt an der Eingangstür oder kurz hinter dem Zoll nach der grünen Linie. Während der Fahrt darf dann gearbeitet, gedacht und visioniert werden.

Ich mache das alles auch und fahre zudem selbst. Manchmal singe ich auch beim Fahren. Ohne Manschetten. Wer singt schon mit Fahrer.

Tagträumer

Mit dem Einstieg in die Tagesordnung der Sitzung ging ich in den zuhörenden Passivmodus über. Die aufeinanderfolgende Abarbeitung der Tagesordnungspunkte war unspektakulär und bei manchen Themen eher eine lästige Pflicht. Spannungsgeladene Neuigkeiten waren nicht zu erwarten. Der Präsentationsstil war ein gerne geübtes, feinziseliertes Ablesen dicht beschriebener Powerpoint-Folien. In jedem Mastercolloquium wäre man damit baden gegangen. Doch da wir hier nicht im Hörsaal saßen, konnte man offenbar auf eine Meister-Form verzichten. Schade, denn das war selbst für den sitzungsgeübten Manager mühsam und ermüdend. Besonders nach dem Mittagessen erwies es sich als zusätzliche Herausforderung. Man wird gerne müde mit vollem Bauch. Biorhythmus und Tagesordnung passten so gar nicht zusammen. Bloß nicht einnicken. Wie also konnte man das so angenehm wie möglich überstehen? Und wie ich so sinnierte, glitten meine Gedanken ab in philosophierende Tagtraumfantasien, gerade als es in der Runde um das Thema Arbeitsplatzbelastungsanalyse der Berufsgenossenschaften ging.

Über hunderte, vielleicht auch tausende von Jahren wurden Menschen ausgebeutet, so kam es mir in den Sinn. Ausbeutung ist ein schlimmes Wort und es wird heutzutage gerne schnell vorgebracht. Es kommt gleich vor oder hinter der Korruption und weit hinter Genderthemen. Ausbeutung erzeugt materiell minder bemittelte Mehrheiten und verschiebt die erarbeiteten Erträge in unerträglicher Weise zu einer dann materiell bestens bemittelten, aber dafür moralisch unterentwickelten Minderheit. Irgendwas in dieser Art. Niemand mag so etwas.

Nachdem Ausbeutung geschichtlich also allgegenwärtig war, konnte es nur eine Frage der Zeit sein, ein Gegenmittel zu finden. Das war die Geburtsstunde der Gewerkschaften. Die Idee dieser Zusammenschlüsse war naheliegend und tatsächlich segensreich. Viele machtlose Einzelne geeint, mit einem gleichgerichteten Interesse gestärkt und organisiert. Das führte dazu, dass das Ungleichgewicht zwischen Kapital und Arbeit ein wenig zugunsten der Arbeit verschoben wurde. Nicht schlecht. In neuerer Zeit wurden die Gewerkschaften jedoch zunehmend zum lästigen Ärgernis für die Vertreter der Kapitalseite. Dort saßen die Arbeitgeber. Sie waren nie homogen, nie eine Gruppe mit allzu gleichen Interessen und sie liefen verstärkt Gefahr, nun ihrerseits unter die Fuchtel der Gewerkschaften zu kommen. Dafür wurde dann der Begriff der Sozialpartner gefunden. Aber es weiß jeder, dass das mit den Partnerschaften manchmal so eine Sache ist.

Und so kamen mir beim Sinnieren die amerikanischen Automobilfirmen in den Sinn. Die waren zwar nie verstaatlicht, aber immer schon tiefschichtig gewerkschaftlich durchsetzt. Angesichts der USA als vermuteter Wiege des Bullenkapitalismus mag man das gar nicht glauben, doch im Land der unbegrenzten Möglichkeiten erscheint vieles widersprüchlich. Da durfte der deutsche Servicemonteur zum Beispiel bei der Reparatur einer Automatisierungsanlage im amerikanischen Automobilwerk nicht mal mit einem Schraubenzieher hantieren. Sonst nähme er einem

Amerikaner den Arbeitsplatz weg, so wurde argumentiert. Es hieß für ihn „Finger weg", er durfte ausschließlich anweisen und überwachen. Die reparierende Arbeit wurde von einem „Worker", einem amerikanischen Arbeiter erledigt, und dahinter stand der Gewerkschafter und passte auf, dass alles genauestens eingehalten wurde.

Bei uns in Deutschland ist das nicht ganz so rigoros, dafür aber komplizierter. Die Antwort auf die Gewerkschaften waren die Arbeitgeberverbände. Und weil sich Gewerkschaften und Arbeitgeberverbände in erster Linie um die Höhe des Lohnes stritten, nannten sie sich Tarifvertragsparteien. Natürlich sind sie keine politischen Parteien, sondern eher Parteien im streitgegenständlichen Sinne der einschlägigen Gerichte. Sie sind Körperschaften und auf ihrer DNS tummeln sich jede Menge Streithansel-Gene. Da Evolution unablässig stattfindet, blieb es nicht beim Geld. Man entdeckte auf Gewerkschaftsseite, dass man parallel zu mehr Geld auch mehr frei haben sollte. Dann sollte man für den Fall, dass die gewonnene Freizeit wieder weniger wird, mehr Geld bekommen für die sogenannten Überstunden. Dann entdeckte man Weiterbildung, Bildungsurlaub, Vermögensbildung, Zusatzgeld dafür, dass der Urlaub die Haushaltskasse stark belastet, Geld für Weihnachtsgeschenke, Geld für Krankheit, Geld für in Krankheit nicht geleistete Überstunden, Geld für das durch Krankheit entgangene Überstundengeld beim zusätzlichen Urlaubsgeld. Alles regelbar. Die Arbeitgeber murrten regelmäßig, machten alle Jahre wieder eine zerknirschte Miene, nickten irgendwann ab und waren dann froh, wenn alles rum war und man wieder ungestört arbeiten konnte.

Das war die gute alte Zeit. Sie war überschaubar, strukturiert, verständlich und nachvollziehbar. Man vernahm die Ansinnen, verstand möglicherweise den Sachverhalt und machte die Sache. Beim luftgekühlten Boxermotor des VW Käfer war der Sachverhalt auch immer übersichtlich und einfach, man verstand sofort und schraubte drauf los. Das war mal.

Alles fließt, sagte Heraklit und manchmal mein Schwiegervater.

Das Entstehen von Bildern in meinem Kopf und meiner tagträumerisch kreativen Denkwelt war in vollem Gange. Ich entfernte mich zusehends von der Realität und gab mich inbrünstig meinen Verwaltungsfantasien hin.

Es geschah unbemerkt, in kleinen Schritten, scheibchenweise, als die Evolution an eine neue Tarifvertragsschwelle kam. Man kann das sehr gut mit dem Froschvergleich im Wasser verstehen. Alle Frösche schwimmen im Wasser und das Wasser wird langsam erhitzt, immer heißer. Kein Frosch würde von außen noch in so einen heißen Wasserkübel springen. Diejenigen die drinnen sind, merken es nicht und sind in der nächsten Minute gar.

Bei den Tarifverträgen war das ähnlich. Im Laufe der Jahre kam immer mehr hinzu. Immer komplizierter, immer auslegungsfähiger, immer unverständlicher wurde das, was nach zehn Verhandlungsrunden in allerletzter Minute vollkommen übernächtigt und ausgetrocknet gegen vier Uhr morgens im beinahe unzurechnungsfähigen Zustand un-

terschrieben wurde. Die Tarifspezialisten und Verbands-
mathematiker der Arbeitgeberverbände merkten es nicht
und dann waren sie heiß gekocht, paralysiert, mit einem
hochkomplexen Ergebnis, welches keine Personalabteilung
in ihren Lohnabrechnungen mehr vernünftig umsetzen
konnte. Kognitiver Overflow. Den Verbandskreativen, den
Tarifmathematikern waren wohl die Verbindungsleitungen
zum wirklichen Leben durchgebrannt. Dann entschwan-
den sie der profanen Wirklichkeit und zogen sich zurück.
Rechtlich geprüft und nicht zu beanstanden. Alles war
geregelt, keiner konnte es mehr anwenden. Wunderbar.
Das Nirwana jeder Bürokratie.

Es fing an mit den sogenannten Remanenzkosten bei
Kurzarbeit. Remanenz kommt von irgendeinem lateini-
schen Wortstamm. Im Italienischen heißt rimanere bleiben. Bei Kurzarbeit bleiben bei den Arbeitgebern Kosten
hängen, die da nicht hängen bleiben sollten. So eine Art
Kostenbodensatz. Oder Hängebauchkosten. Oder Kos-
tenbauchring. Vor allem blieb immer mehr an Kosten
beim Arbeitgeber hängen bei gleichzeitig immer weniger
Arbeit der Beschäftigten. Weniger Arbeit wird Kurzarbeit
genannt. Von dem, was mehr hängen blieb, musste folglich
was weg. Ein ordentlicher Batzen.

Aber die anderen, die Gewerkschaften wollten dafür im
Gegenzug wieder etwas haben. Das ist logisch. Im Leben
ist nichts umsonst und im modernen Leben schon gar
nicht. Das ist interessant, weil, wenn man weniger arbeitet,
man Geld vom Staat kriegt für die nicht gearbeitete Zeit.
Die gute Staatsgabe fällt jedoch etwas kärglicher aus als bei
voller Arbeit. Der Arbeitgeber muss nichts löhnen für

diese Zeit und damit er sich aus Sicht der Gewerkschaften nicht zu viel spart, darf er einen Schnaps obendrauf legen. Zuzahlung nennt man das. Dafür braucht es jede Menge Verwaltungsarbeit. Die kommt nicht zu kurz.

Juristen bringen Regelungen auf die Welt. Sie sind Erfinder und Geburtshelfer. Juristen sind im Grunde genommen Hebammen für Schriftsätze und Sachvorträge. Die meisten haben während des Studiums wahrscheinlich regelmäßig als Barmixer gearbeitet. Die Tätigkeiten sind hochgradig artverwandt, weil man an der Bar und in der Kanzlei viele Bestandteile möglichst undurchsichtig kombiniert und mischt, so dass am Ende keiner weiß, was tatsächlich drin ist. Es kommt etwas heraus und das ist stets überraschend und hat ungeahnte Wirkungen.

In unserem besonderen Fall der Kurzarbeit durfte man als Arbeitgeber auf die Zuzahlung nur verzichten, wenn man erst nach sechs Monaten an Kündigung dachte. Beides hat zwar überhaupt nichts miteinander zu tun, untermauert aber als ungewöhnliche Mischung die Genialität des Erfinders. Eine „Bloody Mary" ist ja auch nicht gerade ein Drink, den man mischen würde, wenn man nicht wüsste, dass er höchst genießbar ist.

Plötzlich wurde ich aus meinem Tagtraum gerissen und lieh der Runde wieder beide Ohren. War da gerade mein Name gefallen? Nein, es ging um Qualifizierungsangebote bei geblockter Teilzeitarbeit. Blocken heißt auf gut deutsch, erst volle Pulle malochen, zum Beispiel ein halbes Jahr und dann ein halbes Jahr zuhause Keller aufräumen.

Herrschaftzeiten, dachte ich mir, es würde heute einfach nicht interessanter werden in dieser Versammlung. In meinem Gehirn formte sich schon eine umfangreiche mögliche Regelungsvorstellung dafür. Wie konnte der bürokratische Overflow aussehen? Was könnte man daraus machen? Meine Fantastereien glichen zusehends einem bürokratischen Fieberwahn.

Man könnte diese Regelung zum Beispiel nur für jene anwenden, die länger als fünf Jahre im Betrieb sind. Außer sie sind schwerbehindert, schwanger, älter als 50 oder strukturell unersetzbar. Dann gilt die Fünf-Jahres-Grenze nicht. Allerdings schon, wenn der Betrieb nicht mehr als 500 Mitarbeiter hat. Im Schnitt der letzten drei Jahre.

So einen Passus könnte zum Beispiel jederzeit ein junger Rechtsanwalt eingebracht haben. Er hätte damit etwas Neues erfunden. Die Fachwelt mochte ob der zukunftsweisenden Kombinatorik ganz aus dem Häuschen sein. Der junge Anwalt würde Experte werden. Ein gelernter Experte. Er würde dann die nächsten drei Monate durch alle Talkshows tingeln und danach ein Beratungsunternehmen gründen, welches eine Software anböte, die Schriftsätze nach dem Bircher-Müsli-Prinzip erstellte. Erst würden alle gedacht haben, dieses Prinzip wäre der Relativitätstheorie von Einstein gleichzusetzen. Das würde dann auch in jeder Talkrunde verkündet werden. Später würde es dann Zweifel geben und schließlich würde rauskommen, dass das Prinzip darin bestanden hatte, dass acht chinesische Juristen, die in Deutschland Jura studiert hatten, juristische Schriftsätze samt und sonders auf einer alten Brother-Kugelkopfschreibmaschine in einer dunklen

Dachkammer erstellen mussten und dabei unablässig Bircher Müsli aßen. Irgendein Skandal ist allem Bahnbrechenden immanent.

Und was würde dann im Arbeitgeberverband geschehen? Jetzt gab es in meiner Fantasie kein Halten mehr. Die Tarifmathematiker des Verbandes würden eine solche Gelegenheit nicht auslassen, um ein Zeichen zu setzen. Teilentgeltausgleich lautete das Zauberwort.

Ich glitt gänzlich in Unverständlichkeitsszenarien ab. Ein einziges Delirium. Der Teilentgeltausgleich sollte nicht in die Durchschnittsberechnung eingehen und demzufolge nicht vollumfänglich aufwandsrelevant werden. Die Berechnungsbasis sollte in einem medianwertgeglätteten Fünfjahreseckwert auf Basis des sogenannten Tagesvollzeitäquivalent (errechnet aus Mitarbeiter mal Tagesteilzeitstundenumfang geteilt durch ein Fünftel der regelmäßigen tarifvertraglich festgelegten individuellen wöchentlichen Arbeitszeit, genannt IRWAZ) erfolgen, wobei die Offenlegung der Berechnungsprogrammstruktur arbeitsgerichtlich nicht erzwingbar wäre, sondern als schlichtungsfähig betrachtet würde. Die Schlichtung könnte mit einer Frist von sechs Wochen zum Monatsende jeweils zum ersten Montag des Folgemonats zur Mittagspause einberufen werden und fände dann in maximal 48 halbstündigen Teilsitzungen immer zur Mittagspause statt.

Grandios. Das würde mit Sicherheit niemand mehr verstehen. Aber es klingt extrem kompetent. Nur etwas für ausgefuchste Experten.

Die Arbeitgeber sollten die bahnbrechenden Ideen aufgreifen und konnten im sich darauf anschließenden Verhandlungsmarathon, der sich über 89 sechsstündige Sitzungen erstreckte, einen großen Erfolg verbuchen, waren sie doch lediglich verpflichtet, pro Sitzungsteilnehmer maximal zwei mit Bierschinken belegte Brote und eine kleine Cola (mindestens 0,3l) unentgeltlich zur Verfügung zu stellen. Die Brote durften aber nicht älter als zwei Tage sein. Bei nachgewiesenen wirtschaftlichen Schwierigkeiten des betroffenen Unternehmens (in der Regel belegt durch zwei unabhängige Gutachten gerichtlich bestellter Sachverständiger) konnten die belegten Brote mit nicht erzwingbarer Zustimmung der Tarifvertragsparteien auf eine hygienisch einwandfrei verschlossene Packung Blätterteigkekse reduziert werden. Die Cola wäre unverhandelbar, außer die Firma verfügte über einen Firmenchor oder einen Betriebskindergarten, welcher jedoch innerhalb der letzten zehn Jahre mindestens fünf Jahre ununterbrochen bestanden haben musste. Dann wäre auch einfaches Mineralwasser möglich, aber wiederum nicht erzwingbar.

Das war die Zauberformel. Der Stein der Weisen. Das hatte was von Harry Potter. Aber nicht die Kammer des Schreckens. Nach diesem bezaubernden Wachtraum war ich restlos erschöpft. Doch wie soll man diesen utopischen Text verstehen. Man versteht ja die aktuellen Regelungen kaum mehr.

Als ich quasi aufwachte, war die Sitzung fast zu Ende. Am darauffolgenden Tag würde ich im Protokoll erfahren, was soeben besprochen worden war.

Der Orakel-Onkel

Die Einladungskarte sah gut aus. Das Vortragsthema klang vielversprechend. Ich wollte schlauer werden. Drum ging ich hin. Eine große deutsche Bank hatte ganz herzlich eingeladen zu einem exklusiven Vortrag ihres neuen Chefvolkswirts.

Ein Volkswirt ist ein Mensch, der die Wirtschaft eines Volkes in der Praxis sehr theoretisch interpretiert.

Diese Theorien sehen zum Beispiel negative Zinsen eher nicht als beherrschenden Bestandteil von Volkswirtschaften. Wer kann auch nachvollziehen, dass man sich Geld leihen kann und später nicht mehr, sondern weniger zurückzahlt. Nein, so richtig verstehen will das keiner. Deshalb bilden sich Fachleute heraus. Wer sonst sortiert aus dem undurchsichtigen Brei aus Krediten und Währungen und Termingeschäften und Swaps und Leerverkäufen und faulen Eiern die ungenießbaren Brocken raus. Das sind dann eben die Volkswirte.

Sie erklären, wie etwas, das in echt ganz anders ist, auf dem Papier sein müsste, damit es in der Praxis funktioniert. Vorausgesetzt, es ist in echt so, wie auf dem Papier. Allerdings gab es das noch nie in keiner Ecke der Welt jemals. Volkswirte erklären, wie man aus Konsumieren und Sparen und Investieren und Staat und Zins ein brauchbares Gleichgewicht hinkriegt. Ein Chefvolkswirt ist der schlaueste von denen. Auf ihn hören alle, auch Politiker. Zumindest tun die so, denn sonst hieße es, sie könnten nicht zuhören. Das wollen sie in der Tat nicht so gerne, aber es kommt gut rüber, wenn sie den Eindruck erwecken, sie wollten und könnten gut zuhören. Und da eignet sich ein Chefvolkswirt recht gut. Ein solcher ist qua Ausbildung und jahrelangem Forschen höchst verdächtig, mehr zu wissen als andere. Ein Experte. Heutzutage sind Experten weitverbreitet. Wegen der generellen Unübersichtlichkeit des Lebens sind sie die Rettungsanker, die Leuchtbojen, die Lichter in der Dunkelheit. Ein Experte sitzt ständig auf Vorschusslorbeeren. Gegen ihn hegt man eine unablässige Kompetenzvermutung. Soweit es wirtschaftliche Vorgänge betrifft, scheint es so als ob man das gesamte auf der Erde verfügbare theoretische Wirtschaftswissen den Volkswirten aufgeladen habe. Sie sind das wirtschaftliche Orakel, sie sind die Gralsrunde der Zinswahrsager und Kursextrapolierer, Großmeister der Geschichtsdatenaufbereitung, Zeitreihenanalytiker und Zukunftsprognostiker mit Datenglättungsschaubildern.

Chefvolkswirte von Banken wissen meines Erachtens fast alles. Vielleicht nicht wie man einen Apfelbaum auslichtet. Aber wirtschaftlich wandeln sie auf dem Olymp der Erkenntnis. Und wenn so einer der schwäbischen Provinz seine Aufwartung macht, dann kann auch ich nicht anders. Ich muss da hin.

Das Highlight fand statt bei einem großen Mercedes Autohändler in Oberschwaben. Schon bei der Begrüßung gaben die Grußwortgeber zu, dass da durchaus ein Hintergedanke mitspielte. Der Hintergedanke war pure Kalkulation und die Formel hierfür sah so aus: Alle eintretenden Besucher minus Mercedes Fahrer ist gleich potenzielle Daimler Käufer.

Fand ich gut. Für den Gastgeber war der Aufwand ja nicht unerheblich. Aus reiner Nächstenliebe kann man so etwas zwar machen, aber ein kleiner Benefit sollte schon rausspringen. Wie macht man das Produkt „Auto" den Leuten schmackhaft? Natürlich mit Schnittchen und Häppchen, aber nicht nur.

Mitten im Raum stand ein roter Mercedes. Flügeltüren, ein mords Vorderteil, null Kofferraum, nur zwei Sitze, ziemlich tief, die meisten Probesitzer kamen aus eigener Kraft nicht mehr raus. Hinten irgendein Schriftzug, ich erkannte 630 und AMG und eine der beiden Damen, die ich aus der Devisenhandelsabteilung der Bank kannte, meinte, das Hinterteil sei rattenscharf.

Wir unterhielten uns über Hinterteile und sie meinte, sie würde bei Autos und bei Männern immer auf den Hintern schauen. Das wäre für sie ein maßgebliches Kriterium. Die Stimme und die Hände eines Mannes wären übrigens auch wichtig. In Gedanken machte ich eine Schnellinventur bei mir und fragte sie dann, ob das Hinterteil des Mannes bei der Gewichtung der Kriterien Priorität hätte. Sie schaute mich an und ich erwartete, dass in der nächsten Sekunde eine Pobackenkonsistenzkontrolle erfolgen würde. War aber nichts und ich trat das Thema auch nicht weiter breit, denn ich wusste mich zu benehmen. Was meinen Hintern betrifft, bin ich ziemlich selbstbewusst. Ich weiß, dass er klasse ist. Wenn meine Frau und ich im Winter langlaufen, in diesen engen Funktionshosen, dann meinte sie schon mal, dass sie wohl hinter dem knackigsten Arsch unseres Dorfes herlaufe.

In den Flügeltürenmercedes kriegt kein Mensch Langlaufski rein.

Nachdem also die wesentlichen Dinge des Lebens geklärt waren, ging es an den eigentlichen Anlass des Abends. Ich wollte schlauer werden. Durch den Chefvolkswirt.

Er war neu im Amte und sein Vorgänger hatte bei seinem Abschied am Bankausgang richtig große Schuhe stehen lassen. So hieß es. Aber kein Mitleid, wer so einen Job macht, hat begrenzte Verantwortung, viel Ansehen, eine renommierte Position, einen Sack voll Gehalt und jede Menge Kontakte. So wie ein erster Geiger gottgleich fiedeln können muss, so muss ein Chefvolkswirt schlau, charmant, humorvoll, spannend, mitunter etwas ironisch, immer aber verständlich, zielgruppenorientiert und sachverständig die Wirtschaftswelt präsentieren und erklären können. Sonst steht in seinem Zeugnis später mal nicht, dass er seine Aufgaben immer stets zu unserer vollsten Zufriedenheit erledigt hat.

Rein subjektiv betrachtet, hatte mich der Vortrag nicht vom Hocker gerissen. Darauf kam es aber gar nicht an. Wirklich wichtig war für mich die Erkenntnis, dass auch so ein Research-Guru nur mit Wasser kocht. Das hatte mir richtig gutgetan. Offen gestanden war ich bei meinen eigenen Vorträgen hie und da im Zweifel, ob es gepasst hatte und wie ich rüberkam. Angesichts dieses Abends ging ich meine künftigen Reden ab dann zumindest gelassener an. Ich wollte ja irgendwie schlauer werden und das hatte funktioniert.

Nach dem Vortrag durften die Leute fragen. Das dürfen sie immer und jeder Referent freut sich darüber, zeigt es ihm doch, dass die Leute bei der Sache sind. Manche Fragesteller schienen sich hauptsächlich selbst gerne reden zu hören, glitten gar ab in ein Co-Referat. Einer vergaß gar beim Dozieren die Frage, die er stellen wollte. Andere Besucher fragten und antworteten dann gleich selbst. Sehr praktisch. Wenige stellten ein ganzes Bündel an Fragen und als der Chefvolkswirt sich nochmal nach der dritten Frage erkundigte, hatte der Fragesteller diese bereits wieder vergessen. Bei einer anderen Dreifachfrage hatte dann unser Chefvolkswirt die erste Frage vergessen und hakte nochmals nach mit der Bemerkung, er vergesse ja manches in letzter Zeit öfter und er werde eben auch schon älter.

Als ich das beobachtete, wurde ich schon wieder schlauer. Mir dämmerte sofort: so lieber nicht.

Und als dann noch jemand fragte, wann der Vorstandsvorsitzende der Bank die vieldiskutierte Turbozinsanleihe auflegen würde und der Chefvolkswirt darauf gar nichts antwortete, außer, dass man da doch bitte den Vorstandvorsitzenden fragen müsste, da fragte mich mein Sitznachbar, welcher Dorfheadhunter diesen Volkslangweiler denn ausgegraben habe.

So ein Abend rückt menschliche Dinge wieder ins rechte Licht. Das ist das Beste daran. Alle Heiligen und Seligen kochen auch nur mit Wasser. Der Star des Abends hatte sich redlich bemüht, den Erwartungen gerecht zu werden. Hätte ich mir den Abend gespart, würde mir etwas fehlen.

IV

In alle Welt

Senatorenschwemme

Unsere Tochtergesellschaft in Italien feierte Jubiläum. Das fünfundzwanzigste. Ich flog von München dorthin. Der Flug ist kurz und da kann man auch als Top-Entscheider ohne Probleme Economy fliegen. Es fällt einem kein Zacken aus der Krone, man setzt auch mal ein Sparzeichen und fühlt sich volksnah. Ich hatte also Economy gebucht.

Da ich bei Lufthansa den Status eines Senators hatte, mein jüngster Sohn sagte dazu in jungen Jahren Senior, was natürlich etwas ganz anderes ist und einer gezielten Gemeinheit gleichkommt, also, weil ich so einklassifiziert war, durfte ich trotz Holzklasse in die Senatorlounge. Für Flughafengreenhorns sei gesagt, dass es sich dabei um spezielle Wartebereiche handelt, quasi Luxuspferche, abgetrennt vom Rest der Welt. Der Zutritt zur Senatorlounge ist fast das Höchste was einem passieren kann, man fühlt sich geadelt, gehört dazu, zu jenen, die viel Zeit in engen und minder sauerstoffversorgten Röhren zubringen und wo man Zeit totschlägt, bis man in diese Röhre reindarf. Zeit, die man vorher und nachher schon gespart hat. Alles Leute mit Niveau und hoher Bildung, manche auch mit hoher Einbildung.

Senator ist das in eine Plastikkarte gepresste Ritterkreuz der Neuzeit.

Doch zurück zum Geschehen vor Ort. Beim Passieren der Kontrolle am Eingang der Lounge schwellt die Brust. Die männlichen und weiblichen Hostessen üben sich meist in professioneller Ehrerbietung, die der geübte Senator wohlwollend und freundlich nickend zur Kenntnis nimmt. Man tritt bevorzugt mit konzentriert geschäftsmäßigem Blick telefonierend ein, nimmt sich dynamisch telefonierend eine Zeitung, wobei es dann gerne auch einmal ein Boulevardblatt sein darf, zieht weiterhin telefonierend die Hugo-Boss Jacke aus und lässt sich nunmehr entspannt und zwischendurch leicht auflachend telefonierend irgendwo nieder. Ein wichtiger, im Grunde unabkömmlicher, überall dringend gebrauchter Senator. Bewegt sich traumwandlerisch sicher im Lounge Umfeld. Weiß zu beeindrucken in einer balancierten und weltgewandten Praxis von Ernsthaftigkeit, Stil und gelassenem Humor. Ist hier wie zu Hause. Aha.

Drin in der Lounge wimmelte es von Senatoren. Eine wahre Schwemme. Ein Schwarm. Heuschrecken gar? Ich fand Platz an einem Stehtisch in einer Ecke des Raumes. Gute Lage. Ich übersah alles, mit dem Rücken zur Wand.

Rechts von mir telefonierte ein offenbar sehr wichtiger Senator laut. Gut zu verstehen. Man darf mitleiden. Oder ihn bewundern. So entsteht alles andere als eine kontemplative Ruhe, die Atmosphäre wirkt aufgeladen, wobei gleichzeitig eine beruhigende Wirkung eintritt durch die Erkenntnis, dass man dessen Probleme Gott sei Dank nicht hat. Man soll nicht lauschen, aber auf Durchzug schalten geht nicht, da es mir komplett an fehlender Neugier mangelte. Jetzt machte er das einzig richtige und lief Stress abbauend hin und her. Nach diesem Telefonat folgten zwei weitere und währenddessen aß er irgendwie. Schob sich was zwischen die Kiemen. Effizient war das schon und er sparte schon wieder Zeit. Aber so kaut man nicht gut. Magen und Darm müssen viel zu viel Verdauungsarbeit leisten. Das braucht viel Blut und Energie und die fehlt dann im Managergehirn. Wie leicht kommt es beim Rumlaufen während des Essens zu folgenschweren Fehlentscheidungen. Fatal. Darüber gibt es noch keine Doktorarbeit. Meines Wissens.

Ich dachte mir, seine Frau könnte ihm zu Weihnachten ein Headset schenken. Dann könnte er beim Telefonieren kauen und am Laptop mit beiden Händen arbeiten. Und er müsste nicht dauernd das Handy mit abgewinkeltem Arm ans Ohr krampfen. Das gibt nämlich wiederum Schleimbeutel- oder Sehnenscheidenentzündung. Alles nicht so einfach.

Die Lounge war jetzt rappelvoll und die meisten Senatoren arbeiteten am Laptop oder telefonierten. Ein Großraumbüro der Auserwählten. Wenn deren Chefs sehen würden, unter welchen Bedingungen Leistungsträger und

Elitemanager bereit sind, ohne Unterlass zu arbeiten, manche telefonieren sogar während des Stuhlganges und geben ihrem Anliegen körperlichen Nachdruck, dann könnte man viel sparen: Büros, Sekretärinnen, Assistenten, Referenten und sogar Freizeit.

Hinfort mit den Kasinos in Betriebsrestaurants, baut Futtertröge.

Es wurde schließlich auch für mich Zeit zum Boarding. Ich verließ die Lounge der Geknechteten und ging zum Scheidplatz. Ein Scheidplatz ist im Allgäu ein großer Platz, man könnte auch sagen Wartebereich, auf welchem die von den Alpen zurückkehrenden Milchkühe und Jungkälber im Herbst bei Blasmusik und Bier voneinander getrennt werden und von ihren Eigentümern, den Landwirten abgeholt werden. Dort gibt es einen Pferch und ein Gatter, welches die Viecher voneinander trennt. An Flughäfen ist das ähnlich, nur nennt man es da „Gate" und meist fehlt die Blasmusik. So begann also das Boarding. Im Zuge dessen wurden wir nicht von Landwirten, sondern von einem Bus abgeholt, weil der Flieger weiter weg war. Dort traf ich auch alle anderen aus der Economy Klasse. Man genießt doch hin und wieder das Bad in der Menge. Der Bus kurvte mit uns ewig in der Gegend herum, Air Dolomiti stand immer auf einer Außenposition. Von dort konnte es nicht mehr weit bis Landshut sein.

Am Flieger ließen sie uns erstmal nicht aus dem Bus raus. Wir standen rum, die einen starrten aufs Handy, die anderen aufs Flugfeld. Dort fuhr plötzlich ein schwarzer S-Klasse Daimler vor. Sollte es sich dabei um einen hochrangigen Politiker handeln? Weit gefehlt. Auf diese Art werden jene Flugpassagiere rangekarrt, die den Gipfel des Meilenolymp erklommen haben. Menschen, die 600.000 Flugmeilen im Jahr fliegen und die ohne künstlichen Sauerstoff keine Geschäftspost mehr lesen können. Menschen, die ihr Unternehmen allein schon durch ihre bloße Präsenz im Flieger zu Höchstleistungen antreiben. Für die Lufthansa sind sie oberste Premiumkunden. Flugheilige, die sozusagen im Flieger leben, überall und immer gleichzeitig gebraucht werden und an denen Fluggesellschaften sich dumm und dämlich verdienen. Die allerschlimmste Erfahrung für diese Menschen sind wahrscheinlich moderne Lockdowns, verbunden mit der entwurzelnden Erkenntnis, dass das Geschäftsleben trotz Nichtfliegen weitergeht. So einer stieg hier also aus und wollte in den Flieger rein. Ein Hon-Circle Member.

Er blieb dann zwischen S-Klasse und Gangway stehen und telefonierte. Wir Buseingepferchten schauten zu. Solange er telefonierte, durften wir nicht raus. Ihm sollte unbedingt die Gnade des ersten Einstiegs zuteilwerden. Irgendwann hatte er dann tatsächlich austelefoniert, ging schwingenden Schrittes zur Gangway, ein letztes jovial dynamisches Schwätzchen mit der Flugbegleiterin. Wir warteten immer noch. Dann verschwand er in der Maschine und wir durften auch raus und rein.

Aber später, nach der Landung, beim Ausstieg, da haben wir ihn drangekriegt. Da hatte er das Nachsehen. Im Leben gibt es nichts umsonst. Da war er der Letzte. Musste geduldig warten, bis wir draußen waren. Ein wunderbares Gefühl. Die Ersten werden die Letzten sein. Hach! Bei diesem Flugzeugtyp gibt es nur eine Tür hinten und die Fliegerverdienstkreuzträger sitzen ganz vorn. Und ganz offensichtlich gibt es bei den Lufthansa Ablaufregelungen keinerlei Berücksichtigung eines Hon Circle Mitglieds für einen bevorzugten Ausstieg aus der Maschine. Nach der Landung heißt es help yourself und schau, wie du rauskommst.

Selbst mit den höchsten Weihen hat man gelegentlich das Nachsehen.

Beschlagrichter

Die Allgäuer haben in der Mehrzahl eine räumlich sesshafte Vergangenheit und tragen das genetische Erbe am Berghang schuftender Vorfahren. Die Bergler waren überwiegend unter ihresgleichen und verfügten über rudimentäre Vorstellungskraft von dem, was hinter der Endmoräne der letzten und jüngsten Würm-Eiszeit Richtung Norden liegt. Aber man darf sich nicht täuschen und die Eingeborenen unterschätzen. Agilität ist heute im Geschäftsleben zwar in aller Munde. Im Lebensraum der Allgäuer war jedoch schon immer Agilität, zumindest in geologischer Hinsicht. Die Landschaft war ständig in Bewegung durch die alpine Faltung, die das Dolomitgestein der Felsgipfel vor 25 Millionen Jahren nach oben schob und das Molassegestein mit dem schönen Namen „Nagelfluh" Richtung Norden. Das ganze Hin-und-Her-

Geschiebe mit der Falterei und der Erosion ist immer noch in vollem Gange und da darf logischerweise keiner auf der faulen Haut liegen, sonst überholt ihn der Fels.

Von da kommen meine Vorfahren her und dort wurde meine genetische Festplatte codiert. Damit kann man recht gut leben. Manches in der großen weiten Welt passt aber nicht so recht in das Bild der gut gedüngten, milchwirtschaftlich genutzten Löwenzahnwiesen.

Holländer machen auch in Milch und Blumen, sind aber anders. Dort war schon seit Jahrhunderten Handel und Austausch, das Land flach und der Horizont weit. Im Kontakt mit der Kultur ferner Völker bot sich viel trickreicher Lernstoff. Im Affekt des Erlebten würde ich sagen, man weiß nie so recht, woran man ist. Ebenso passend wäre es auch, man sagt, sie seien beweglich, geschmeidig, taktisch dehnfähig, eben flexibel. Ich hatte den Vorzug eine ungekürzte Lektion flexibler Niedertracht zu erleben.

Der Reihe nach.

Ein türkischer Kranbetreiber kaufte einen Mobilkran bei einem holländischen Kranhändler und überwies eine Million Euro Anzahlung. Ein alltägliches Geschäft. Kurz vor der Lieferung schwante dem Holländer, dass man vielleicht doch mehr hätte erlösen können und da bislang ja noch nicht geliefert wurde, blieb genug Zeit, um nachzuverhandeln. Auch das ist nicht unüblich. Er verlangte geschmeidigerweise fünfzehn Prozent mehr. Das würde vielen Geschäftsleuten den Kamm schwellen lassen und auch der Türke war empört und hatte ihn auf Türkisch in seinem Büro in Anatolien einen nichtsnutzigen hinterhältigen

Betrüger geheißen. Da solches Verhalten dem Fass den Boden ausschlug, verzichtete er nun auf den Wucherkran und wollte seine Anzahlung zurück. Nachvollziehbar. Indes, der hochgeschmeidige Holländer dachte nicht daran.

Kruzitürken würde unsereiner jetzt fluchen. Aber der Türke stand nicht ganz ohne Trümpfe da. Er hatte vorher mit einer seiner Firmen in Dubai von besagtem Holländer fünfundzwanzig chinesische Krane angemietet, um mit diesen dort Geld zu verdienen. Die Miete für diese Fahrzeugflotte hielt er nun im Gegenzug zurück und machte die Chinesenkrane zum Pfandobjekt in der Wüste. So weit, so Patt.

Unsere Firma hatte damit bis jetzt nicht das Geringste zu tun. Gar nichts. Trotzdem kam sie zwischen die Fronten. Streitobjekt wurde ein von uns zu liefernder Raupenkran, der im Hafen von Antwerpen bereit lag zur Verschiffung nach Izmir für just jenen türkischen Kunden. Es war am Freitagabend vor Pfingsten, als mich die Nachricht erreichte, dass der Holländer über die belgischen Behörden eine Beschlagnahme unseres Kranes erwirkt habe. Angeblich habe er einen Titel gegen den Türken wegen der anderen Geschichte bei den Wüstensöhnen und auf dem, noch in unserem Eigentum befindlichen Kran stand brettelsbreit der Name des Türken. Das hatte den Holländer wohl zur Vermutung des erfolgten Eigentumsübergangs veranlasst. Irgendein flämischer Beschlagrichter hatte sich dann dazu verpflichtet gefühlt, die Benelux-Rechtsfront zu statuieren.

Perfektes Timing, aber nicht für uns. Irgendwie und nach vielen Telefonaten mit dem Holländer und seinem in

Russland weilenden Anwalt gelang es uns dann bis Pfingstmontag per Handy und Email jene Herren davon zu überzeugen, dass der Kran immer noch uns gehörte. Am Dienstag gab der Holländer endlich den Kran frei. Ich frohlockte mit allen beteiligten Kollegen, die Freude war groß, aber da die Geschichte hier nicht endet, ahnt man schon, wie kurzsichtig und naiv das war.

Als der Kran am Donnerstag komplett auf das Schiff verladen worden war, ging der Holländer wieder in die Beschlagoffensive und nun gab es das ganz große Theater. Er ließ das ganze Schiff beschlagnahmen. Er meinte, nach Verladung über die Reling wäre das Eigentum übergegangen an den Türken. In unserer Krisenbesprechung waren wir uns einig, dass das dem Fass den Boden ausschlug. Wozu hatte man Anwälte und diese fuhren nun die gesamte Eigentumsnachweispalette auf. Da freut sich wirklich jeder Jurist, wenn er mal seinen gesetzlichen Werkzeugkoffer aufmachen kann und zeigen kann, für was der Bub nun 14 Semester Jura durchgezogen hat. Die Gegenseite tauchte daraufhin unaufgeregt ab.

Der Reeder drängte auf Abfahrt des Schiffes aus dem Hafen von Antwerpen und wir zahlten erstmal die Zusatzliegegebühr für einen weiteren Tag. Die belgische Behörde setzte einen Gerichtstermin für die Behandlung unseres Einspruchs zur Beschlagrichterverfügung für die darauffolgende Woche fest. Erst knirschten wir mit den Zähnen, dann spielten wir erneut die ganze Sonate ab aus Eigentumsvorbehalt, Incoterms, Schadenersatzdrohung und Finanzierungsvorbehalt mit Sicherungsübereignung an die finanzierende Bank. Wir garnierten es mit den bekannten

Beilagen aus Geschäftsbeziehungstütelei und Vernunftappell.

Auf diesem Ohr war der Holländer jedoch taub.

Dafür war umso mehr Raffinesse und ausgeklügelte Taktik im Spiel. Die erste Freigabe des Kranes hatte die zweite Beschlagnahme hinter der Reling schon im Blick. Es war offensichtlich ein durchdachter Plan. Ein Schlachtplan. Irgendjemand dort in Oranje musste Clausewitz` „Vom Kriege" gelesen haben.

Die Holländer entluden dann den Mittelteil des Kranes und das Schiff fuhr schließlich mit dem Rest ab. Jedoch ohne das wichtigste Teil, mit dem allein keiner was anfangen konnte, aber ohne jenes war der Kran auch nicht zu gebrauchen. Wie zerrissen und gerissen.

Aller Respekt liebe Niederländer. Chapeau ihr Mistkröten, so dachte ich.

Die Angelegenheit traf nun auch den Türken, denn der brauchte den Kran und kriegte ihn jetzt nicht. Zugleich lieferte der Holländer, wie wir später erfuhren, an einen Wettbewerber des Türken einen anderen Kran, der nicht von uns war und der unserem türkischen Partner die Baustelle abluchste.

Eins und eins ist zwei und wenn du schön brav bist und folgst und ehrlich bist, dann kann dir nichts passieren und alle haben dich lieb. So haben wir das in Schule und Studium fürs Leben gelernt. Pustekuchen. Überleg dir einen genialen Schlachtplan, zieh ihn durch und freue dich, wie die anderen mit dem Ofenrohr ins Gebirge schauen.

Diese Geschichte im Hafen von Antwerpen schien mir nicht von dieser Welt zu sein. Sie erinnerte mich ein wenig an die unglaublichen Geschichten, die im Allgäu während der sogenannten Rauhnächte erzählt werden. Spinnt einer außerhalb dieser Zeit, liegt es immer am Föhn, ansonsten wird es als normal angesehen. Als letztes Mittel der Wahl bleibt dem Allgäuer, die Heiligen anzurufen oder eine Messe lesen zu lassen. Die aufgeklärten Eingeborenen wissen jedoch, dass das nicht hilft, sondern höchstens beruhigt.

Was wirklich hilft, ist der Transportweg-ungebundene Transfer körperlicher Schmerzen. Dazu bedient man sich in unserer Region weniger der Anwälte und Beschlagrichter als vielmehr der Gesundbeter und Pendelkundigen. Diesen Trumpf hat man gerne in der Hinterhand. Es gibt anerkannte und sehr leistungsstarke Gesundbeter, die dem Holländer und seinem unseligen Anwalt gegen eine angemessene Spende und gänzlich kontaktlos das Wasser abstellen hätten können. Wer nicht mehr seichen (hochdeutsch: Wasser lassen) kann, wird schnell zahm.

So machte sich im fortgeschrittenen Spiel um das Fell des Bären eine hinterhältige Vorfreude breit. Eine Beschlagnahme ist vergleichsweise Kinderkram gegenüber einer proppenvollen Blase und dem stauenden Knoten im Ausgang. Wie listig, niederträchtig, perfide und raffiniert. Stammen die Allgäuer gar vom Holländer ab? Ich glaube es nicht, denn am Ende haben wir ganz regulär vor Gericht Recht bekommen, ich musste nicht auf den Gesundbeter zurückgreifen und die Streithähne konnten in einer Schlichtung gezähmt werden. Ich hätte trotzdem zu gerne gesehen, was ein Holländer macht, wenn es an der Blase staut.

Bombenkalkül

„Und wann legen wir los?"", wollte ich wissen.

„Sobald es geknallt hat", war die Antwort.

Ich blickte den freundlichen drahtigen Besucher, der mir gegenüber saß bei einer Tasse Besprechungskaffee gänzlich verdutzt und fragend an. Mir schien, dass ihm meine Reaktion nicht fremd war. Er wartete erst gar nicht auf meine nächste Frage, die mir auf der Zunge lag, sondern fuhr gleich fort.

„Sobald auf der Strecke ein Terroranschlag erfolgt ist, der nicht nur einen unbedeutenden Schaden angerichtet hat. Dann ist der beste Moment. Dann sieht es gut aus," fuhr er fort.

Und er gab mir diese Antwort mit einer Selbstverständlichkeit und in einem Gleichmut, die vermuten ließ, dass er das nicht zum ersten Mal so beantwortete. Mir blieb die Spucke weg. Mehr Zynismus ging kaum, nach meinem Empfinden.

„Also nochmals zu meinem Verständnis, wir müssen so lange warten, bis im Irak irgendwo eine Bombe hochgegangen ist und danach fahren wir los. Mit unseren Kranen. Nach Bagdad. Richtig?"

„Nicht irgendwo,", mein Gesprächspartner schüttelte heftig den Kopf, „es muss ein Zwischenfall im Bereich der Straße sein, auf dem Weg, den der Transport nimmt. Am besten auf der Straße von Jordanien, wo ihre Mobilkrane aktuell stehen, nach Bagdad, wo sie hin sollen. Genau da, wo wir später fahren, sollte was hochgegangen sein. Sonst ist es zwecklos."

„Und warum?" Ich verstand immer noch nicht.

„Na, weil unmittelbar nach einem Anschlag mit höchster Wahrscheinlichkeit Ruhe ist, also erstmal nichts Weiteres passiert und wir dann gefahrlos durchfahren können. Wir ziehen das durch, wenn das Anschlagsrisiko am geringsten ist. Und das ist immer genau am Tag nach einem Vorfall. Wenn die Terroristen einen Anschlag verübt haben, dann lassen sie das erstmal wirken, sie feiern das ganz gerne und halten still. Ein Terrorjahr ist lang. Man kann es nicht jeden Tag krachen lassen."

Er sprach, als ob das ein allgemein bekannter alter Hut wäre und beendete seine Belehrung mit den Worten, „kein vernünftiger Terrorist haut am nächsten Tag gleich nochmal drauf."

Hoffentlich haben wir es mit vernünftigen Terroristen zu tun, dachte ich kurz bei mir. Eine derart kühle und berechnende, fast sarkastische Denkweise im Zusammenhang mit Terrorbedrohung und Reduzierung von Gefahren war mir noch nie vorgekommen. Aber das zugrunde liegende Problem eben auch nicht. Wie sah die Lage aus?

Im Jahr 2008 sollten wir fünf Mobilkrane nach Bagdad liefern. An und für sich ist das schon kein einfaches Geschäft und man überlegt im Vorfeld sehr genau, ob man sich eine Kranlieferung in den Irak überhaupt antun soll. Aber wenn achtzig Prozent der Arbeitsplätze einer Firma vom Verkauf ins Ausland abhängen, dann ist die Frage nicht, ob man es besser lassen sollte, sondern man überlegt, wie eine Lieferung zu bewerkstelligen wäre. Zunächst war zu klären, ob man das überhaupt durfte. In den Irak liefern. Ein Krisengebiet. Ob die deutschen Ausfuhrbeschränkungen das zuließen und die Behörden grünes Licht geben würden. Immerhin lieferten wir Produkte, die beim Aufbau helfen und dringend benötigt würden, um die schlimme Lage der Bevölkerung zu verbessern. Und dann musste man die Geräte dorthin bringen und sicherstellen, dass auch bezahlt würde. Denn ohne Moos ist bekanntlich nichts los.

Der Irak war zu jener Zeit alles andere als ein ruhiges Pflaster. Nach dem Irakkrieg im Jahr 2003 und dem Sturz Saddam Husseins folgte die Besetzung durch die „Koalition der Willigen" unter Führung der Vereinigten Staaten. Das Land sollte befriedet und wieder aufgebaut werden. Zum Befrieden gab es die Besatzungstruppen und für den Unfrieden gab es den irakischen Widerstand mit seinen Nationalisten, Islamisten, Dschihadisten und Fedajin. Anschläge mit vielen Toten und Verletzten waren im ganzen Land über viele Jahre an der Tagesordnung. Gleichzeitig musste die schwer geschundene Region wieder aufgebaut werden. Vor allem bei der Infrastruktur war der Bedarf enorm. Und hierfür brauchte man Mobilkrane vor Ort.

Fünf Mobilkrane standen also bereit bei einem Zwischenhändler in Jordanien und sollten nach Bagdad überführt werden. Nicht gerade eine Wunschaufgabe in einer Gegend, wo jeden Tag mit Selbstmordattentätern und Sprengbomben und Minenfallen zu rechnen war und wo kein Unterschied zwischen Nationalität, Zivilist, Militär, Mann oder Frau gemacht wurde. Auf alle wurde gleichermaßen geschossen. Hinzu kamen die bürgerkriegsähnlichen Auseinandersetzungen zwischen Schiiten und Sunniten und dann war da noch die Terrororganisation al-Qaida. Jeder vernünftige Mensch blieb da fern.

Und in diese Ecke sollten nun fünf nagelneue, hochmoderne, sauber polierte, gelb lackierte, kratzerfreie Dreiachsmobilkrane hingebracht werden. Meine Aufgabe war, zu wissen wie. Bisher hatte den Transport unser jordanischer Zwischenhändler mit seinen Leuten übernommen, aber denen war das jetzt zu gefährlich geworden. Was nun?

Allein kommt man nicht immer auf die passende Idee, aber mit einem guten Team und professionellen Partnern zeichnet sich oft ein gangbarer Weg ab. So auch in diesem Fall. Es war vollkommen unmöglich, dass unsere eigenen Mitarbeiter oder die Fahrer unserer üblichen Überführungsfirmen die Fahrzeuge nach Bagdad fuhren. Die Gefahr war viel zu groß und die Lage dort unten gänzlich unklar. Klar war nur, dass wir richtige Profis brauchten. Leute, die mit Gefahr und Terror umgehen konnten, die in der Lage waren, die Risiken so weit wie nur möglich zu reduzieren und Mensch und Material zu schützen. Keine Fahrer, sondern Kämpfer.

„Am Tag nach einem Anschlag fahren wir abends los. Bis dahin müssen wir warten."

Mein Gegenüber hatte seine erste Tasse Kaffee leergemacht und schlürfte genussvoll an der zweiten. Er war Geschäftsführer einer internationalen Sicherheitsfirma, die Transporte in Gefahrregionen plante, sicherte und durchführte. Er war Deutscher mit einer Vergangenheit in der französischen Fremdenlegion und hatte sich nach seinem

Ausscheiden mit ein paar Kameraden von damals selbständig gemacht. Ein sympathischer Typ, geradeheraus. Sein Ruf war einwandfrei und sein Geschäft betrieb er seriös in der unseriösen Welt, in der er seine äußerst professionelle Dienstleistung erbrachte. Er und seine Leute hatten gut zu tun.

„Voraus fährt ein Jeep von uns mit einem Maschinengewehr. Danach zwei Mobilkrane, dann wieder ein MG Jeep, drei Mobilkrane folgen und zum Schluss wieder ein MG Jeep, Abstand jeweils fünfzig Meter, Marschgeschwindigkeit 50 km/h, keine Pause." Es klang wie bei einer Befehlsausgabe in der Bundeswehr.

Als ich kurz auf meine Erfahrungen beim Bund einging, lächelte er sanft und nachsichtig und meinte, das Vorhaben sei nichts für Warmduscher.

„Das besondere ist, dass wir nicht stehen bleiben," hob er hervor. „Wenn ein Fahrzeug ausfällt, dann bleibt die Karre stehen. Keine Reparatur, kein Wartungstrupp. Wir nehmen den Fahrer mit und das war`s. Den Mobilkran können Sie dann als Spende an die Dschihadisten verbuchen."

Ich wollte gerade ansetzen, um über diesen Punkt zu diskutieren, als er nachschob, „das ist nicht verhandelbar."

Die fünf Krane hatten zusammen einen Wert von etwa 2,5 Millionen Euro. Jede Panne würde also mit einer halben Million zu Buche schlagen.

„Und wer fährt?" fiel mir jetzt ein.

„Unsere Leute. Die müssen Sie in Jordanien schulen. Aber so schwer dürfte das nicht sein. Ich habe gehört, Ihre Krane kann jedes Kind fahren."

Da widersprach ich jetzt nicht. Kranfahren war tatsächlich dank ausgefeilter Technik ein Kinderspiel, solange man auf der Straße blieb.

„Sie können dabei sein", meinte er beiläufig.

„Wie bitte," mich riss es und ich glaubte, mich verhört zu haben. Ich dachte doch niemals im Traum daran, im Irak Rambo III zu spielen. Mir fehlten schon alle muskulären Voraussetzungen.

„Wir sorgen dafür, dass Sie per Funk dabei sind auf unserer operativen Führungsfrequenz."

Das klang interessant und natürlich wollte ich das.

„So weit, so gut," meinte ich, „und was kostet das?"

„Für unsere Organisation brauche ich achtzigtausend und für örtliche Aufklärungsdienste nochmals etwa zwanzigtausend."

„Örtliche Aufklärungsdienste?" Ich blickte etwas ungläubig auf.

„Es ist nicht getan mit einer Handvoll Fahrern, drei Jeeps und drei Maschinengewehren," meinte er leicht belehrend, „die Vorbereitung ist entscheidend und Aufklärung ist essentiell. Wir haben im Lande Kontakte und die müssen wir entlang der ganzen Strecke einbinden und abfragen. Wo sind Aktivitäten, wie ist die Lage. Umsonst kriegen Sie das nicht."

Ich schlug mir in Gedanken gegen den Kopf. Glasklar. Aufklärung ist das halbe Leben. Man muss wissen, wo sich was tut. Das würde man nicht für ein laues Dankeschön bekommen. Aber Hunderttausend Euro insgesamt. Ich hatte schon mit einem Batzen gerechnet, aber dieser Batzen war dann doch ein gehöriger Batzen. Andererseits war die Gefahr hoch. Trotz aller Vorsorgemaßnahmen.

Ein guter Kaufmann lernt ja, dass, wenn er was kaufen will, er üblicherweise drei Angebote einholt, dann verhandelt, dann nochmals verhandelt und schließlich zum günstigsten Angebot ja sagt. Ich habe in diesem Fall zügig die ersten drei Stufen des guten Kaufmanns ausgelassen und gleich ja gesagt. Manches im Geschäftsleben in Deutschland und in der Welt ist gelegentlich alternativlos und man hat dann wenig Auswahl. Damals wie heute.

Wir warteten also einen Anschlag ab. Wir warteten, bis im Irak eine Bombe hochging. Wie das klingt. Das beißt sich mit jeder denkbaren Compliance Regel. Am 26.6.2008 passierte es nahe Ramadi in der Provinz al-Anbar auf der Nationalstraße 1 von Jordanien nach Bagdad. Dort ging eine Autobombe hoch. Der Ort passte. Gott sei Dank gab es keine Toten. Und am nächsten Tag ging es bei uns los. Ich konnte die reibungslos verlaufende Überführung live am Funkgerät mitverfolgen. Alles lief glatt und alle Leute kamen wieder heil zurück. Die fünf Krane waren ohne einen Kratzer in Bagdad abgeliefert worden.

Oktoberfest in Melbourne

Mats hatte eine richtig dicke Backe und seine Frau im Schlepptau. Er konnte kaum reden. Das war aber nicht wegen seiner Frau, sondern wegen seinem Zahnarzt. Der hatte ihn mit einer Wurzelbehandlung beglückt. Seine Frau hatte keine dicke Backe und war auch sonst nicht dick, sondern leicht überkandidelt. Sie pflegte das Image einer höheren Tochter mit einer, durch einen Hauch von Arroganz angereicherten Vornehmheit. Wenn man sie traf, dann sah man gleich, wie bürgerliche Noblesse im Frühstadium und vor dem Überdrehen aussieht. Ich dachte, sie wäre weniger der Weißwurst-mit-Brezen Typ, sondern eher in die Kategorie Eibrötchen-mit-Remoulade einzuordnen. Sie hieß Ulla, hatte sich ihren Mädchennamen schon frühzeitig als Zeugnis der Eigenständigkeit erhalten und pflegte eine stets hochgesteckte Frisur mit Dutt, was aussah wie ein Amselnest auf dem Kopf. Sie war schon in jüngeren Jahren wohl nicht gerade der Typ Frau, den man gerne anbaggerte. Sollte auch niemand. Es reichte, wenn Mats das anno dazumal getan hatte, was seinerzeit angeblich kein einziger seiner rustikalen Freunde verstanden hatte. Ein heißer Feger, wie man sich das als Mann damals wünschte, war Ulla jedenfalls nicht.

Ich traf die beiden zufällig am Bahnhof in Kempten. Als ich erzählte, wo es hinginge - mit dem Zug nach Frankfurt, dann per Flieger nach Melbourne, später nach Tokio - die schiere Aufzählung dieser Reiseziele fand ich in diesem Moment und vor diesem Publikum übrigens für einen kurzen Moment ziemlich erhebend, meinte sie, Tokio sei nicht schön, aber Hiroshima sei wunderbar. Touché.

Sie setzte mich sodann unvermittelt ins Bild über ihre Japanerfahrungen und übergoss mich mit einem Wortschwall an Empfehlungen für lohnenswerte Besichtigungen. Damit hatte ich nicht gerechnet. Ich wurde zugetextet mit allem, was mich nicht interessierte. Es war wie die hinten aus dem Eibrötchen tropfende Remoulade. Mats erkannte intuitiv, dass das Touristische nicht mein Schwerpunkt sein würde. Mit seiner dicken Backe schien mir seine intuitive Wahrnehmung offenbar geschärft, da er kommunikativ stark eingeschränkt war. Mats brachte schlichtweg fast kein Wort raus. Ulla dozierte was das Zeug hielt. Ich hingegen sagte nicht viel, Reiseziele und Koffer sprachen für sich. Sollten sie mich ruhig bewundern oder bemitleiden ob meines Reisemarathons.

Im Zug bis Memmingen begleitete mich dann ein Jungdynamiker, der sich als Leiter des Büros eines Bundestagsabgeordneten in Berlin vorstellte. Er hatte sich in den Bergen ausgepowert, vier Tage Urlaub gemacht, sich das mal eben gegönnt, wie er sagte, eben voll die Sauerstoffdusche und er kannte den Hüttenwirt vom Waltenbergerhaus. Das ist eine urige Berghütte zwischen Oberstdorf und der Trettachspitze. Der Jungdynamiker hatte dort genächtigt und war zwischendurch am Heilbronner Weg, einem Klettersteig rumgeturnt, wie er sagte. Er war ein YUPHIPO, ein Young Urban Professional High Potential. Die lieben auch verlauste Matratzenlager.

Am Lufthansa-Schalter in Frankfurt saß eine nette junge Frau. Im selbstverständlichsten Ton der Welt eröffnete sie mir, dass ich noch keinen Sitzplatz hätte und auf Warteliste wäre. Überbucht. Ja, ja, meinte sie, das wäre schon fies, aber auch üblich. Ob ich schon öfter geflogen wäre? Schon? Erstaunlich, dass ich das bisher noch nicht erlebt hätte. Ich sollte mir aber keine Sorgen machen. Es gäbe genug „no-shows", die buchten und dann nicht kämen. Ich war derart baff, dass aus mir nur lammfrommes devotes Gestammel rauskam. Ich wusste, was dieser Business Flug kostete und da war auf Basis der Erfahrung und Weisheit meiner schwäbischen Senatorenseele einfach kein Zusammenhang herstellbar zwischen Flugpreis und Warteliste.

Business Class und dann so was. Die Lady vom Service in der Lounge half mir dann jedoch prompt. Sitz 2C, das wäre sicher. Und so war es. In der Luft hatte ich dann den Eindruck, dass die Lufthanseatischen Flugassistenten auf dieser Route nicht viel zu lachen haben. Äußerlich war wenig Freude zu erkennen, dass ich mit denen fliege. Ich habe dann keine Show gemacht, mich nicht aufgeregt und ganz gut geschlafen bis Singapur.

Der netteste Mensch auf meiner Reise war der Manager der Duschen in der Lounge am Changi Flughafen in Singapur. Der Rasierer sei scharf, meinte er.

„Is shapp Sir, soft, vedih soft Sir and diss, Sir, womm wotar, gudd, gudd, Sir", und klopfte mir väterlich auf die Schulter. Als ich lebend und trotzdem rasiert aus der Dusche kam, freute er sich, mich zu sehen und lachte.

Ich war extra nach Melbourne angereist für eine Krankonferenz. Für den Abend vor der Veranstaltung hatten wir unsere australischen Kunden samt Frauen und Partnerinnen eingeladen. Ins Hofbräuhaus in Melbourne zum Oktoberfest. Das ist kein Witz und auch nicht gänzlich ungewöhnlich bei angeblich 1000 verschiedenen Oktoberfesten weltweit. Die Australier lieben Bier und Feiern.

Der Wirt vom Melbourner Hofbräuhaus hieß Helmut, stammte aus Oberstdorf und ist 1956 über die Schweiz ausgewandert, genau eine Stunde bevor ihn die Feldjäger zu seinem damals zweijährigen Wehrdienst einkassiert hätten. Er hatte die Fliege gemacht, sagte er. Die Masche mit Wirtshaus und Bayerisch-Schwäbisch hatte er erst im Laufe der Zeit entdeckt.

Es gab Schweinsbraten mit Sauerkraut, Rindsrouladen, Matjes, Apfelstrudel. Ich fragte mich, wie die Matjes da reinkämen. Helmut erklärte mir, dass man bei den Aussis vorsichtig sein müsse. Nur Bier auszuschenken sei riskant. Die saufen wie die Löcher und ohne Unterlage leide dann die Einrichtung. Mit den Matjes sei das abgemildert und die Leute würden nachweislich weniger speien. Besser fühlen würden sie sich zwar nicht, aber das sei ihm egal, Hauptsache, die Soße bliebe im Schlund drinnen. Eine reine Bierschwemme wollte er nicht sein. Und seine Einrichtung sei ihm heilig. So erklärte er mir das in einer einzigartigen Mischung aus Oberstdorfer Dialektfetzen und australischem Englisch. Gastronomieberater hätten das nicht besser ausdrücken können. Seine Kernkompetenz oder seinen USP, darunter versteht man die einzigartige Eigenheit seines Geschäfts, hatte Helmut voll drauf, ohne zu wissen, was er da beratungstechnisch Wegweisendes aufgesetzt hatte. Helmut laberte wenig und machte viel.

Ein Allgäuer halt.

Sein Hofbräuhaus entpuppte sich schließlich als handfester Musikantenstadel. Es gab Schuhplatteln, Trachtentanz und Raufplatteln. Helmut hatte alle australischen Plattler in echte bayerische Lederhosen gesteckt und persönlich ausgebildet. Zwei ältere Herren lieferten die Musik, erst eher bayerisch volkstümlich und dann ziemlich flott mit Swing und Groove. Bei „Time Is Tight" waren die Aussis nicht mehr zu halten. Ich auch nicht.

Am nächsten Tag begann die australische Krankonferenz. Nicht nur wer im Vertrieb arbeitet weiß, dass der Kunde König sein soll. Das sagt sich so leicht. Manche Könige werden ihrer Rolle nicht gerecht oder nutzen sie aus, manche erfinden die Leibeigenschaft. Wenn man sich dann einmal vor solch einem König verbeugt oder verbiegt, braucht es nicht viel und die körpereigene Peristaltik setzt die emotionale Distanz in bitteren Beigeschmack um. Das reinste Brechmittel.

Greg, Inhaber einer australischen Kranfirma, dürfte so etwa 120 Kilogramm gewogen haben, hatte Pratzen wie Tennisschlägerköpfe, war auf seinen baumstammartigen Unterarmen vollständig tätowiert und ging nachts besser auf der anderen Straßenseite an einem vorbei. Er war Kunde und wusste um seinen königlichen Status. Der Mann war ein vollendeter Kotzbrocken ohne Manieren und würde ein dreiviertel Jahr später fast pleite sein. Er würde sich gezwungen sehen, seinen Kranladen zu verkaufen, aber das ahnte er in diesem Moment noch nicht. Während der Krankonferenz versuchte er, mich bei einer Podiumsdiskussion mit selbstgerechter Menschenfressermiene und ziemlich provokanten Fragen in die Enge zu treiben. Ohne Erfolg, obwohl ich ihm in Englisch rausgeben musste. Das freute mich.

Zur Höchstform war er aber dann am Nachmittag aufgelaufen. Wir drei Manager aus der Firma saßen in der Hotelbar und redeten geschäftlich, weil wir ja auch nicht zum Vergnügen hier sein sollten. Am Tisch neben uns ließ sich besagter Greg-Menschenfressermiene mit einigen Kumpanen nieder. Als ich kurz mal austreten musste und an seinem Tisch vorbei ging, sprach er mich unter gleichzeitigem Unterarmzangengriff bierselig an und erkundigte sich nach meiner Zimmernummer.

„Was? Meine Zimmernummer? Warum brauchst du die denn?"

„Wir trinken hier noch jede Menge Bier und ich muss doch deine Zimmernummer wissen, damit ich die Rechnung drauf buchen lassen kann," gab er grinsend zurück.

Ich war derart baff, dass mir nichts Gescheites einfiel. Total konsterniert murmelte ich etwas von „weiß jetzt auch gerade nicht" und machte mich aus dem Staub. Das sind genau diejenigen Situationen, zu denen man im Nachhinein mindestens ein Dutzend geistreicher und passender Antworten findet. Aber eben selten im Überrumpelungszustand.

Greg meinte tags darauf, er käme in drei Wochen in unsere Firma nach Deutschland und freue sich schon darauf, mich dann zu sehen. Ja prima. Greg, gut, dich dann wiederzusehen. Bleib wo der Pfeffer wächst und mir gestohlen.

Die Aussis fahren links, sitzen ungern zu Hause und tragen eher fast nie Krawatten. Die Finanzbranche dürfte die letzte Bastion der Verkrawattung sein. Die landesweite Anti-Krawattenbewegung sieht die eigenen Anstrengungen nicht ohne einen gewissen Stolz. Ins Auge stach mir das beim zweiten Tag einer Konferenz. Da bewegten sich fast alle im Outfit von Möbelpackern durch den Saal. Sogar beim abendlichen Gala-Dinner hatten höchstens unbeugsame zehn Prozent einen Krawattenlatz. Nach Stammbaum wahrscheinlich Gallier.

Australien ist multi-kulti, also ziemlich tolerant und in Sydney nicht billig. Eine durchgängige soziale Sicherung fehlt. Im arbeitenden Volk ist ein quasi Nüsse sammelndes Vorsorgeverhalten für schlechte Zeiten zunächst nicht zu erkennen. Das, was die Deutschen sparen oder riestern, um irgendwelche hypothetischen Rentenlücken in hundert Jahren zu schließen, setzen die Aussis unmittelbar in Bier um. Die Motivation ist klar: Das, was man gleich trinkt, hat man schon mal intus und es fällt später nicht irgendeiner Inflation anheim.

Eine Frau, die eine Cola bestellt, wird noch einmal um Bestätigung der Bestellung gebeten. Will sie Wasser, lautet die Frage „vor oder zum Bier". Bei Männern bestellen der Legende nach nur jugendliche Schwule in der Hochpubertät Cola. Wassertrinkende Männer werden nicht als zur Gattung Homo Sapiens gehörend zugeordnet. So weit, so trinkfest.

Echte dahinschmelzende Familienmenschen sind Australier allerdings beim Vatertag. Da ziehen sie die komplette Familienshow durch. Das volle Programm mit Frau, Kindern, Eis, Speedboot, Foto, Essen, wie bei uns am Muttertag. Als ich denen etwas über unseren Vatertag erzählte, bekamen sie glänzende Augen. Man sollte den deutschen Vatertag patentrechtlich schützen lassen und dann nach Australien exportieren. Das wäre der Exportschlager schlechthin. Prost.

China-Zoll

Mein Sohn Andreas fragte mich an einem Sonntagabend, was denn in der kommenden Woche so anstehen würde.

„Nichts Besonderes", antwortete ich in profunder Kenntnis meines Terminkalenders und damit keinesfalls aus reiner Bequemlichkeit.

Es stand so gut wie nichts an und das war nach Meinung eines früheren Kollegen die allergefährlichste Konstellation. Gerade in solchen Wochen war nach seiner Erfahrung mit besonders viel Ungemach zu rechnen. Und während ich darüber noch milde lächelte, ging es tags darauf los mit dem Ungemach. Und zwar unerwartet brachial.

Die nationale Zollfahndung war bei unserer Vertriebsgesellschaft in Shanghai aufgetaucht und hatte in den Büros dort alles auf den Kopf gestellt. Einige unserer Kunden hatten ganz offenbar bei der Lieferung unserer Mobilkrane von Deutschland nach China nur einen Teilbetrag des tatsächlichen Einfuhrwertes beim chinesischen Zoll deklariert, um Steuern zu sparen. Zwar möglicherweise nachvollziehbar, aber doch strafbar. Unseren Leuten vor Ort und auch uns als Muttergesellschaft in Deutschland unterstellte man Beihilfe. Gar nicht gut. Mit der Anzahl der auch aus Deutschland geforderten Unterlagen wuchs gleichermaßen die Nervosität, da einige Leute hier wie dort doch mehr oder weniger involviert gewesen waren.

In Zeiten der Globalisierung ist Reisen unglaublich einfach. In den meisten Ländern begegnet einem im ersten Kontakt viel Vertrautes. Ähnliches Essen, San Pellegrino, McDonalds, Gucci, Boss, Porsche, Ikea, sei es in Shanghai, Moskau oder Dubai. Wenn es aber Spitz auf Knopf kommt, sind diese Länder totalitär. Und doch finden wir dort die gleichen Marken, das vertraute Essen, gerne auch landestypisch und gute Bewegungsfreiheit. Das lässt uns annehmen, dass der Rest auch so wäre. Für diesen Rest, als da wären Rechtssystem, Exekutivorgane, Rechtsmittel und organisierte Verwaltung, antizipieren wir gerne demokratische Verhältnisse in Analogie zu Konsum- und Bewegungsfreiheit. Was für ein Trugschluss. Die scheinbar wasserdichte Gummihaut der oberflächlichen Einheitszivilisation bekommt plötzlich gewaltige Löcher und drunter ist alles anders.

Über Reisen zu berichten ist schön, solange darüber der Mantel des Kontrollierten, des Geordneten, des Unauffälligen liegt. Doch das Eis ist dünn. Darunter liegen gelegentlich auch Sorge und Stress. Das wird allzu leicht vergessen im schillernden, globalisierten, erfolgreichen durch-die-Welt-jetten.

Am Ostermontag 2010 ging mein Flieger von München nach Shanghai pünktlich raus. Nachdem ich mir in der Business Lounge noch unnötigerweise ein paar Wiener mit Brezel gegönnt hatte, war klar, dass die immer gleiche, seichte, geschmacksuniforme Menükost an Bord zugunsten früher Nachtruhe ausfallen würde. Auf der Speisenkarte steht zwar regelmäßig, dass es sich um eine besondere Futterkombination irgendeines Nahrungsmittelkomponisten handelt, der die Auberginen vorher persönlich geerntet hat und mit dem Winzer des dazu empfohlenen Weines jedes Jahr zu Weihnachten eine Partie Schach spielt, aber ehrlich, das Zeug kann man sich schenken. Ich würde mir mal Gulaschsuppe oder Erbseneintopf wünschen. Das schmeckt dermaßen eindeutig, dass man auf die Tomatensaft-Trinkerei vorab gut verzichten kann. Und überhaupt soll man so spät nichts mehr essen. Der gesamte Darmkomplex hat ab acht Uhr abends eh schon auf Sparmodus umgestellt.

Als ich mich unverpflegt hinlegen wollte, fehlte jede Müdigkeit. Mich ärgert das immer ein wenig, wenn ich mir vornehme zu schlafen und dann nicht müde bin. Doch was kann man tun? Filme sind in diesem Fall immer eine Alternative. In der Film Auswahl gab es „2012" von Roland Emmerich. Den Streifen kannte ich noch nicht und somit gab es statt Wels auf Kartoffelgratin Anschauungsunterricht in Sachen Weltuntergang. Das passte, ich war nämlich drauf und dran, mich auf wackeliges Terrain zu begeben.

Ich war auf dem Weg zur chinesischen Zollbehörde nach Tjanjin. Als Vertreter unseres Unternehmens sollte ich dort antreten, man wollte einen Verantwortlichen aus der Muttergesellschaft sehen. Verschiedene Vorwürfe mussten entkräftet werden. Die Zöllner hatten so nach und nach Unterlagen von 21 Kranlieferungen der Jahre 2004 bis 2009 angefordert. Ziemlich hartnäckig. Vor dem chinesischen Zoll haben alle einen riesigen Respekt. Die Behörde genießt in China einen Status, der auf Bettvorlegerniveau des Großen Vorsitzenden liegt und daher bei jedwedem Kontakt das Adrenalin des Angesprochenen ins Zeug schießen lässt. Die Unregelmäßigkeiten in den Dokumenten unserer Lieferungen, die manipulierten Einfuhrrechnungen lagen auf dem chinesischen Tisch. Die Kunden hatten offenbar unverfroren betrogen durch Hinterziehung von Zollabgaben und in uns vermutete man, möglicherweise zu Recht, einen stillen Beihelfer. Vier Verträge waren aufgeteilt in Unterverträge, sogenannte Side Letters und das war gar nicht gut. Das disqualifiziert gut neunundneunzig Prozent aller denkbaren Ausreden. Die chinesischen Behörden wollten einen Vertreter der deutschen Firma vor Ort sehen. Und zwar bald.

Als unser in China arbeitender deutscher Abteilungsleiter Trautmann vom Auftauchen der Zollfahnder erfuhr, und das war unmittelbar nach deren Erscheinen in den Geschäftsräumen in Shanghai, da setzte er sich in den nächstbesten Flieger nach irgendwo, stieg viermal um und tauchte in unserem Werk in Deutschland auf. Er war also schon mal nicht vor Ort. Das würde in absehbarer Zeit auch nicht der Fall sein und das war nicht gut. Sein chinesischer Verkäufer Zang ließ auf dem Weg in sein Büro in Shanghai seinen Laptop verschwinden und musste später seinen Ausweis bei der Zollbehörde abgeben. Das war noch weniger gut. Klar, dass unsere Leute was wussten.

Trautmann hatte eine chinesische Frau und die saß immer noch in China. Außerdem fing es an, ihm nicht gut zu gehen. Wie er sagte. Vier Tage vor meiner Reise, noch während der Behördenaktivitäten, habe er sich ins Krankenhaus in Deutschland zu einer Operation begeben und als ich auf dem Weg nach China war, habe er sich noch im Krankenstand befunden. Wie er sagte. Der Eingriff sei ausgesprochen unangenehm und schmerzhaft gewesen und habe im Auspuffbereich gelegen. Wie er sagte.

Die zwei Wochen Ermittlungen durch den Zoll hatten vollkommen ausgereicht, um unser Geschäft in China zum Erliegen zu bringen. Alle hatten Angst. Wir wickelten unsere Verkäufe üblicherweise als Direktlieferungen von Deutschland an die chinesischen Kunden ab. Trautmann, Zang und einige andere Chinesen, die zu unserem Unternehmensbereich gehörten, agierten als Repräsentanten vor Ort, quasi als Handelsvertreter. Trautmann war unser langnasiger Vertriebschef der Abteilung und stellvertretender Geschäftsführer für die chinesische Gesellschaft. Sein Chef vor Ort hieß Gillinger, er war der Geschäftsführer und ebenfalls ein Deutscher. Als Oberboss hatte er mit dem Tagesgeschäft wenig zu tun, und deshalb blieb er bei unseren Verkaufsaktivitäten üblicherweise außen vor. Er wurde nur dann aktiv, wenn es um rechtliche oder disziplinarische Themen vor Ort ging. Genau jetzt hätten wir ihn gebraucht. In der nunmehr eingetretenen misslichen Lage distanzierte er sich stattdessen beim Auftauchen der Zöllner sofort von allem. Er ging schnurstracks auf eine angeblich dringende Geschäftsreise nach Peking und war nicht verfügbar. So konnte er in keine Schusslinie geraten und schützte sich instinktiv erstmal selbst, was die Handhabung der ganzen Angelegenheit nicht gerade erleichterte. Im Gegenteil. Es war extrem mühsam, ein riesiger Mist.

Man stelle sich ein Schiff vor, und bei aufkommendem Sturm verwaist das Ruder schlagartig. Der Kapitän setzt sich ab, verkrümelt sich. So war das auch in diesem Fall. Niemand war da zum Koordinieren und zum Führen. Absprachen über Telefon und E-mail waren abhörbedingt durch augen- und ohrenfällige Selbstzensur holprig, im Inhalt karg und ohne Substanz. Inhaltsleeres Politikgefasel klingt sehr ähnlich. Und die beiden hektisch eingeschalteten Anwaltskanzleien in China waren aus Deutschland unmöglich effizient einzubinden. Immerhin hatte ich zur Vorbereitung des Besuches beim Zoll mit deutschen Fachjuristen aus Peking einen Brief an die Behörde vorbereitet, der den Boden etwas minenfreier erscheinen lassen und eine uns gewogene Atmosphäre beim Zoll herstellen sollte. Der Text war zudem mit den konzerninternen Rechtsabteilungen in Deutschland und der Schweiz abgestimmt. Beim Textabstimmen sind alle immer sofort zur Stelle. Da ist jeder stark, gibt seinen grandiosen Senf dazu, glänzt durch tiefschürfende Allwisserei. Jedenfalls so lange bis man den Stier bei den Hörnern packen muss. Ab diesem Moment sind alle weg.

Die Ratschläge halfen nur begrenzt, da die europäischen Juristen China nicht wirklich kannten und bei allen Diskussionen von deutschen Verhältnissen ausgingen. TCM, traditionelle chinesische Medizin, ist aber etwas vollkommen anderes als unsere allopathische Arztrennerei. Das gilt dort wie hier im übertragenen Sinne.

Ich hatte zusammen mit den Kollegen der Vertriebsabteilung in Deutschland alle bereits dem Zoll vorgelegten Unterlagen nochmals analysiert und strukturiert. Nach unseren Unterlagen waren wir sauber. Aber wer wusste schon, was andere damit im Reich der Mitte angestellt hatten. So bewaffnete ich mich mit unseren durchwegs einwandfreien und mit allen Rechnungsdokumenten übereinstimmenden Ausfuhranmeldungen, die an die deutschen Zollbehörden gegangen waren. Das war quasi als mein Trumpf, der „alte Ober" beim Schafkopf, wenn es schwierig werden sollte. Alles in allem hatte ich ein gutes Gefühl, war zuversichtlich und fest davon überzeugt, dass auf unseren Fall keine der üblichen China-Horrorgeschichten zutrafen, in welchen der Pass einbehalten wird und man gerne im Lande warten darf.

„Ja ich habe schon gehört, in China gibt es Probleme", so meldete sich der Oberkonzernjurist aus der Schweiz. Er bekleidete einen honorablen Direktorenrang. Ihm hatte ich die Sache erklärt.

„Wollen Sie nicht lieber jemand anderes schicken. Aus dem subalternen Bereich", riet er mir in gemütlichem Schweizerdeutsch.

Ich glaubte, mich verhört zu haben. Ich sollte also sozusagen ein Bauernopfer schicken. Das kam überhaupt nicht in Frage. Im modernen Management geht der Held selbst nach Canossa. Meine Frau meinte, wie blöd und dämlich müsse man als moderner Held eigentlich sein, sich in so eine zweifelhafte Sache reinzubegeben, wo einem das Unternehmen gar nicht gehörte und man die Angelegenheit nicht zu verantworten hätte. Für wen mache man das eigentlich, was hätte sie davon, wenn der Zoll mir seine Gastfreundschaft etwas länger aufs Auge drückte und wenn es hart auf hart käme, würden wahrscheinlich alle Daheimgebliebenen in schwäbische Deckung gehen und dann stände man auf verlorenem Posten. Während für mich diese Mission außer Frage stand, hatte meine Frau bei meiner Abreise recht feuchte Augen. Sie fand nicht gut, was ich da tat.

Im Nachhinein stellte sich schon die Frage, ob die Reise leichtsinnig und das heroische Pflichtgefühl rein naiver Natur war. Oder ging es um den Kämpfertyp, der durch gesteigerte Opferbereitschaft Ehrerbietung zu erwerben trachtete? Ich wäre nicht gereist, wenn wir vorab eindeutige Warnungen über die Anwälte erhalten hätten. So etwas sagt man gerne, um sich zu beruhigen und wenn dann keine Sirene angeht, glaubt man sich sicher. In Wirklichkeit sind Vorabwarnungen üblicherweise stark abhängig von der Menge und Dichte der Informationskanäle und den Verbindungen der Mitspieler. Ihre Wirksamkeit kann man schwer oder gar nicht beurteilen, will das vielleicht gar nicht, denn dann könnte sich herausstellen, dass das Warnsystem nicht mal rudimentär bestanden hatte. Lieber betrügt man sich selbst ein wenig.

Am Vorabend des Besuches wollten wir in Shanghai im Hotel alles nochmal durchgehen. Geschäftsführer Gillinger war dabei sowie Herr Schmidt, ein deutscher Jurist aus der Kanzlei in Peking, der auch den Brief an den Zoll initiiert und vorformuliert hatte. Ferner gesellte sich hinzu der Personalmanager unserer chinesischen Firma, ein Chinese. Er war zugleich Verwaltungsleiter und derjenige, der als Kontaktperson vor Ort den Informationsaustausch mit den Zollermittlern wahrnahm. Anwalt Schmidt redete gleich los wie ein Buch. Er konnte geschliffen reden und holte weit aus. An jenem Abend war mein Geduldspegel in Punkto Zuhören schnell erreicht. Er brachte nichts wirklich Neues in die Runde. Nach einer Stunde des Fabulierens verabschiedete er sich. Der Personalmanager verließ ebenfalls die Runde, als gerade der zweite Anwalt eintraf. Herr Tu war ein freundlicher, verschmitzt dreinblickender Chinese. Er hatte sechs Jahre lang in Hamburg gelebt und sprach gut Deutsch.

Im Gegensatz zu Schmidt, der unsere Firma üblicherweise in gesellschaftsrechtlichen Fragen beriet und damit ein waschechter Warmduscher war, kam Tu von der Front. Er war zugelassen bei der Staatsanwaltschaft in Shanghai und hatte Kampferfahrung im chinesischen Strafrechtsdschungel. Ein „Chinese Law Rambo".

„Der Brief meines deutschen Kollegen Schmidt an den chinesischen Zoll ist nicht gut. Gar nicht gut", meinte Tu mit rollenden Augen.

Na prima, dachte ich, sowas brauchte ich jetzt dringend. Der Oberboss Gillinger blies ins gleiche Horn. Der Brief sei etwas überhastet gewesen.

„Sie müssen wissen, die chinesischen Zöllner haben viel zu viele mittelmäßige amerikanische Agentenfilme gesehen und dann kopieren die das, weil sie denken, es gehört sich so."

Tu meinte, das könnte in unserem Fall durchaus zur Anwendung kommen. Unter deftigen Beschreibungen der chinesischen Verhältnisse und Verhörmethoden schob er meist ein glucksendes Lachen hinterher. Gerade so, als ob er ganz China lustig fände.

„Es könnte schon sein, dass man Sie einlädt, noch ein wenig zu bleiben. Oder man hilft Ihnen bei der sicheren Aufbewahrung Ihres Reisepasses. Hahaha". Und wieder dieses glucksende amüsierte Lachen.

„Etwa so lange, bis Trautmann wieder in China ist", meinte Tu, „denn den wollen sie unbedingt auch noch interviewen."

Wir wären dann so etwas wie willkommene Geiseln. Er war kurz davor sich zu kugeln vor Lachen. Wahrscheinlich verstand er nicht, wie man so blöd sein konnte und freiwillig zum chinesischen Zoll ging. Ich glaubte nicht, dass er vorher mit meiner Frau telefoniert hatte.

Je öfter er gluckste, umso mehr blieb mir das Gesicht stehen. Beide Wangen und Mundwinkel sackten nach unten, das Herz rutschte in die Hose, und ich fragte vorsichtig und diplomatisch unseren gutverdienenden Gillinger, warum er seine Bedenken zum Vorabbrief nicht früher und eindeutiger geäußert hatte. Die Frage überging der feine Herr Oberboss elegant und ließ anderen Gedanken zur allgemeinen Strategie freien Lauf. Der Mann wusste wohl immer erst was er dachte, wenn er hörte, was er sagte. Meistens wusste er alles besser, betrachtete sich regelmäßig als über den Dingen stehend und erwies sich in unserer Sache nicht als sonderlich hilfreich, sondern eben hinterher als hauptsächlich schlauer. Den konnte ich vergessen. Kurz blitzte in mir der Gedanke an einen schnellen Rückflug auf. Aber das verwarf ich kurzerhand wieder, denn den Besuch hatte ich als unumgänglich betrachtet und Tu schob auch beschwichtigend hinterher, dass die beschriebene Geiselnahme ziemlich unwahrscheinlich wäre.

Hahaha.

Wir gingen danach viele denkbare Szenarien durch und feilten an unseren Aussagen. Tu verabschiedete sich nach einer Stunde. Ich mochte ihn. Er war direkt und sensibilisierend, hatte nicht aus Höflichkeit beruhigt oder profilierend doziert.

Zurück blieben ein Vertriebsmitarbeiter und ich. Da meine Sinne nun geschärft waren, meldete sich der Hunger. Kein Wunder, ich hatte seit dem Frühstück im Flieger nichts mehr gegessen und es war jetzt halb zehn Uhr abends. Immerhin war das Hotelbuffet eine regelrechte Futterkrippe an maritimen Omega-3-Fettsäuren. Im schlimmsten Fall wäre ich immerhin ein gesund ernährter Geiselgast der chinesischen Behörden.

Die Nacht war ein Sturm im Hirn. Ich kann mich nicht erinnern, jemals so viele Gedanken und Szenarien erlebt und durchdacht zu haben. Die Ideen, Vorgänge und Argumente jagten sich wie von selbst durch die grauen Zellen. Der Neurotransmittersturm ließ sich nicht abschalten, er ließ sich nicht einmal strukturieren oder steuern. Irgendwann habe ich es aufgegeben. Nichts hatte geholfen. Ich war aufs Klo getappt und danach war der Sturm wieder da. Denk an was anderes. Geht nicht. Also egal. Lass schwirren. Irgendwann und mit einem Mal war Flaute. Unerklärlich warum. Es musste gegen drei Uhr nachts gewesen sein. Ich fand das überraschend. Dann habe ich noch zwei Stunden geschlafen, bevor wir uns auf den Weg zum Flieger nach Tianjin machten, wo die Zollbehörde residierte.

Am Flughafen holte uns Frau Bying ab, eine Mitarbeiterin der Anwaltskanzlei aus Peking. Sie sollte übersetzen. Die Idee war, dass sie sich jedoch nicht als Mitarbeiterin einer Anwaltskanzlei zu erkennen geben sollte.

Unser chinesischer Vertriebsmitarbeiter Zang, der nach meiner Einschätzung definitiv Dreck am Stecken hatte, Frau Bying und ich selbst kamen später als geplant an. Erstmal hatte der Flug Verspätung, dann war ohne Vorwarnung die Autobahn gesperrt und schließlich fanden der Fahrer und Frau Bying das Hotel erst nach einer kleinen Stadtrundfahrt. Mit Lunch war also nichts. Die Zollbehörde sei ganz in der Nähe. Zur Sicherheit ließ man sich vom Hotel nochmals einen Stadtplan geben. Acht Minuten Fahrzeit. Definitiv. Kalkulatorisch blieben noch 20 Minuten für einen Toilettengang. Wie sich kurz darauf herausstellte waren die acht Minuten kalkuliert ohne die zahlreichen Falschabbieger unseres Fahrers. Wie schön, dass man bei so einer Angelegenheit nicht grundsätzlich nervös ist. Zu Fuß wäre es schneller gegangen, aber so haben wir noch was von Tjanjin gesehen. Ein elender Smog und wenig grün. Das passte. Wir waren 15 Minuten über der Zeit. Pünktlichkeit ist zwar eine Zier, aber ebenso weit kommt man ohne ihr. Im Zollamt ließ man uns dagegen nicht lange warten. Das empfand ich als günstig. Tee wurde angeboten und schließlich begrüßten uns ein Herr Li als Chef der Ermittler, ein Herr Wang und eine Frau Chen, die aussah, als ob sie frisch aus der Oberschule kam. Ihre physiognomische Erscheinung mutete erstaunlich mädchenhaft an. Klein, schmal und zierlich. Sobald sie jedoch den Mund aufmachte, korrigierte sich das Bild entscheidend. Sie sprach klar, prägnant, laut, deutlich und selbstbewusst, soweit man das aus dem Chinesischen raushören konnte. Zweieinhalb Stunden vom Chinesischen durch Frau Bying ins Englische transferiert, an uns kommuniziert, in Worte gefasst, von uns gehört, im Geiste übersetzt, die Antwort gedanklich in Deutsch formuliert, wieder zurückübersetzt, ausgesprochen, von Frau Bying gehört, wieder ins Chinesische gebracht, ausformuliert, von Herrn Li und Frau Chen gehört und so weiter. Nicht gerade vorteilhaft für eine komplizierte Angelegenheit, die bei auch nur schwach zweifelhaften Aussagen das glücklicherweise vorherrschende Höflichkeitsklima rasch hätte drehen können.

Was wollten die? Worauf kam es an? Wie entkräfteten wir dieses und jenes? Welche Argumente klangen stichhaltig? Wann brachten wir unsere vorbereiteten entlastenden Dokumente in Spiel? Die andere Seite war nicht dumm.

Das wurde schnell klar. Wenig Taktieren, nicht zu sehr festlegen und gleichzeitig aber doch halbwegs konkret bleiben. Customs, Zoll, und Customers, Kunden, klingen in der chinesischen Aussprache deckungsgleich. Leicht vorstellbar, dass das die Sache weder beförderte noch erleichterte. So ging es zwei Stunden hin und her.

Glücklicherweise hatte ich aus ganz anderem Grund sechs Wochen vorher ein Medientraining absolviert, um die größten Fehler vor einer Kamera unter Stress zu vermeiden. Dort hatten wir auch das sogenannte „Überfallinterview" mit einem im Vergleich zu einem normalen Interview erhöhten Stresslevel geübt. Unsere charmante Trainerin hatte uns dabei gezielt in eine Art Verhörsituation gebracht. Sie hatte uns richtig in die Mangel genommen. Gegrillt, sozusagen. Als ob sie etwas geahnt hätte. Die Befragung der Zollbeamten passte blitzsauber in dieses Schema und so stellte ich mir den Zollbeamten Li nun als einen mich überfallenden, listenreichen Journalisten vor. Das funktionierte bestens und versetzte mich in die Lage, recht gut mit der Situation umzugehen. Hochkonzentriert und doch gelassen. So erwies sich das Medientraining zugleich als ein hilfreiches Zoll-Verhörtraining. Oft weiß man im Vorhinein wirklich nicht, für was etwas gut ist.

Die Stimmung beim Zoll blieb Gott sei Dank sachlich, meine innere Anspannung ging etwas zurück. Ich war Frau Bying dankbar für ihre Hilfe. Sie machte das gut, schien einen Draht zu den Chinesen aufgebaut zu haben, erkannte worauf es ankam, reagierte und erzeugte eine günstige entspannte Gesprächsatmosphäre.

Übrig blieben am Ende zwei lauwarme Forderungen von chinesischer Seite, die wir gut erfüllen konnten. Ein Anflug von Erfolgsgefühl kam auf. Ich atmete innerlich durch. Aber noch waren wir in Tianjin und man soll den Tag nicht vor dem Abend loben. Wir durften schließlich gehen, nur der chinesische Vertriebler Zang musste noch bleiben für ein Interview im kleinen Kreis. Er hatte beinahe unzweifelhaft Unterlagen manipuliert oder zumindest Kunden dabei unterstützt. Insgeheim hatte der Mann meine Bewunderung. Er schien mir trotz des enormen Drucks weitgehend gelassen. Angeblich war seine Frau schwanger. Wie hält man das aus, angesichts einer möglichen Gefängnisstrafe.

Zurück im Hotel war der schale Kaffee zwar die denkbar schlechteste Kopie von Dallmayrs Krönung, aber zugleich das beste seit vielen Stunden. Frau Bying sollte uns nochmals in Ruhe ein detailliertes Bild des Gesprächs geben. Das funktionierte leidlich zwischen all den Unterbrechungen, die ihr Blackberry ihr abforderte. Nach einer Stunde tauchte Zang wieder auf. Der Zoll hatte seinen Pass einbehalten. Vorläufig. Ihn schien das nicht zu belasten. Überrascht hat mich das kaum, denn Chinesen hatten auf mich oft den Eindruck gemacht, als ob sie nichts aus der Ruhe bringen könnte. Entweder sie sind generell sehr gelassen oder sie haben ihre Mimik und Gefühlswelt weitaus besser im Griff als wir Langnasen. Und dann habe ich noch gelernt, dass es in der internationalen Welt gar keinen Zweck hat, möglichst perfekt Englisch zu sprechen. Wer

Englisch nicht als Muttersprache hat, für den ist sie fremd. Drum heißt sie Fremdsprache. Herr Zang praktizierte diese Fremdsprache als dialektuntermalten Wortfetzenschwall, der durch nasale Verfälschung eine komplett neue Sprache zu kreieren schien. Meine wunderbar geschliffenen englischen Satzkompositionen schienen ihn dagegen unberührt zu lassen. Das verlangte nach einer grundlegenden Strategieänderung. Ich ging über zu Stichworten und einfachen Fragen. Ein Stakkato an Fragewörtern. Steinzeitenglisch. Nicht sehr elegant, aber überaus effektiv. Das zog. Er reagierte. Wir redeten endlich. Was war ich stolz, als ich aus dem rudimentären Kauderwelsch seiner von mir aufgeschnappten englischen Antwortbrocken die richtigen Schlüsse ziehen konnte. Wo lernt man das? In China, in Tianjin, im Hotel, nach der Vernehmung durch die chinesische Zollbehörde.

Zang wiegelte immer noch ab, alles sei nicht schlimm, man könne uns nichts groß nachweisen, wir wären sicher, kein Problem, er hätte alles im Griff. Nun bekam er von mir zu hören, dass jetzt Schluss mit lustig sei. Ich wollte wissen, was er an Unterlagen angepasst hatte. Damit meinte ich manipuliert, gefälscht. Nickend fügte er sinngemäß hinzu, dass wir das auf „Chinese Way" lösen müssten und faselte irgendwas von einem „Big Fish", der das schon beilegen würde. Erst dachte ich, er meinte damit mich oder irgendeinen anderen wichtigen und unersetzlichen deutschen Direktor. Manager hecheln eh nach jedem Bedeutungsstrohhalm. Erst am nächsten Tag wurde mir im Gespräch mit dem chinesischen Personalmanager klar, dass sich Zang tatsächlich nach Wuhan auf den Weg machen wollte, um jemanden zu treffen, der für Geld den Weg bereiten sollte, damit die Angelegenheit im Sande verliefe. Am besten, die Ermittlungen würden eingestellt werden. Irgendwie musste der Wilde Westen nach dem Tod von John Wayne in einer Art Kontinentaldrift von Kalifornien weiter nach Westen gewandert sein und schließlich, Japan überspringend, direkt in China aufgeschlagen sein, wobei die Colts durch Geldscheine ersetzt wurden. Anders lässt sich dieser unerschütterliche Glaube an den fernöstlichen Lösungsansatz nicht erklären. Dabei gibt es auf Bestechung die drakonischsten Strafen in China. Offiziell. Mir platzte beinahe der Kragen. Inoffiziell.

Warum hatten sich unsere Leute, warum hatte sich Zang auf dieses Spiel eingelassen? Warum hatte auch sein Vorgesetzter in vollem Wissen die Dinge so laufen lassen? Warum hatte der Oberboss vor Ort nicht für Kontrolle gesorgt?

Nun, zunächst einmal üben Kunden auf Verkäufer oft einen erheblichen Druck aus. Zwischen beiden entsteht über die Jahre manchmal eine Beziehung, die auch Vertrautheit entstehen lässt, gelegentlich beinahe Freundschaft. Wenn diese Beziehung in einem Umfeld stattfindet, wo viele gesetzliche Regelungen noch nicht fixiert sind, sich gar widersprechen oder vor dem wirtschaftskulturellen Hintergrund üblicherweise flexibel gehandhabt werden, dann entstehen Auslegungsspielräume und die Grenzen zwischen richtig und falsch verschwimmen. Vor allem, wenn es mehr oder weniger alle so machen. Wie man gesehen hat, schützt einen das nicht vor späterer Rechtfertigung oder Anklage. Es lässt aber die Beweggründe leichter erkennen und man verurteilt dann nicht vorschnell. In China war zu jener Zeit vieles gar nicht oder oft widersprüchlich geregelt. Vielleicht auch bewusst. Das gibt später dem Staat die Möglichkeit der Auslegung und der Disziplinierung mit der Folge eines gesteigerten Bußgeldumsatzes. Auch eine Strategie.

Am nächsten Tag blieb noch Zeit, die Gesellschaft in Shanghai und damit den Ort der Zollermittlungen zu besuchen. Für den Abend hatte ich mich mit Anwalt Tu verabredet. Die Mitarbeiter vor Ort sollten nicht im Unklaren gelassen werden und vor allem galt es, einem um sich greifenden Angst- und Gerüchteklima entgegenzutreten. Ich sichtete die Unterlagen und kopierte alles fleißig. Wir wollten wissen, was gelaufen war und wer von den Chinesen welche Dokumente verändert hatte. „Chinese Way" kann vieles bedeuten. Sorgfalt und Verlässlichkeit fallen nicht darunter. Das zumindest hatten wir gelernt.

Urteilt man vom Ergebnis, ließe sich sagen, dass unser Besuch richtig und hilfreich war. Damit steht immer noch der Tag aus, der mein Menschenbild erschüttert. Herbeisehnen werde ich ihn jedoch nicht. Anwalt Tu war überrascht, dass alles so passabel abgelaufen war und hob leicht seine Augenbrauen mit anerkennender Verwunderung als er von der „Big Fish Geldlösung" hörte. Das wäre doch ein Ansatz. Sein Lachen machte mich nun nicht mehr nervös.

Warum der Zoll gerade jetzt diese ganze Nummer abgezogen hatte? Das blieb Spekulation. Eine renommierte

146

internationale Anwaltskanzlei, welche eine große deutsche Leasinggesellschaft in China beriet, die ebenfalls Besuch vom Zoll hatte, mutmaßte jedenfalls, dass das Importaufkommen in 2010 in China zurückgegangen war, die Zentralregierung jedoch das Plansoll für die Zollbehörden nicht reduziert hatte. Nachvollziehbar, dass man nun einige zusätzliche Beitragszahler suchte. Ich ging davon aus, dass diese anwaltliche Mutmaßung richtig viel Geld gekostet hatte. Anwälte stellen schon eine Rechnung, wenn sie nur „Grüß Gott" sagen.

Der Personalmanager gab mir dann auf der Fahrt zum Flughafen noch einen bildlichen Abriss über die generelle Lage der Vertriebsabteilung in Shanghai. Vor seinen Erzählungen fragte er mich, ob ich noch aufnahmefähig sei und ob ich auch willens sei, ihm zuzuhören. Er könne aber auch verstehen, wenn ich meine Ruhe haben wolle. Sehr höflich und aufmerksam, diese Frage vorab, das war mir noch nie passiert.

Am Ende musste der chinesische Kunde, der die Manipulationen maßgeblich betrieben hatte, eine saftige Strafe zahlen. Unser chinesischer Vertriebsmitarbeiter Zang war auch mit einer ordentlichen Geldstrafe wegen Begünstigung dieser Vorgänge dabei. Ansonsten ging es glimpflich ab. Von einem „Big Fish" habe ich nichts mehr gehört, aber was will das schon heißen.

Arabische Kühlung I

„Herr Trunzer, das ist ja schön, dass wir hier zusammen auf Delegationsreise sind. Ich hätte später noch etwas Wichtiges mit Ihnen zu besprechen."

Es hatte mir geschmeichelt, dass mich der große Heinz Wallhaar, seines Zeichens ehemaliger hochrangiger Deutscher Verbandsfunktionär, auf der Delegationsreise nach Saudi-Arabien angesprochen hatte. Wallhaar war eine Instanz in Unternehmerkreisen. Was wollte er von mir? Sicher etwas Bedeutendes, möglicherweise sogar meine Meinung, vielleicht einen Rat, gar eine Kooperation. Man hatte mich immerhin aufgrund meiner Erfahrungen mit den Saudi-Arabern bei einem besonderen Sonnenschirm-Projekt für die beiden Moscheen in Mekka und Medina zu dieser Delegationsreise mit Wirtschaftsvertretern aus Deutschland nach Riad und Jeddah eingeladen. Ich hatte da gerne zugesagt, denn dabei würde man nie dümmer, was hilfreich sein könnte und es ließ sich für mich auch prima mit dem Geschäftlichen verbinden. Außerdem bewegte ich mich in einem Kreis angesehener Persönlichkeiten und es wird einem immer eingeredet, man müsse solche Kontakte pflegen. Und kaum waren wir unterwegs, kam also der hochgeschätzte Verbandspräsident schon auf mich zu und wir waren voll im Kontaktpflegemodus. Kurz darauf saß ich mit ihm, sowie dem deutschen Generalkonsul und einem bedeutenden Scheich am Mittagstisch. Wem würde da die Brust nicht schwellen.

Man sprach über dieses und jenes, Saudi-Arabien, die Jugend, Schule und Bildung, und dass noch viel zu tun sei im Land, eben die großen Themen, den nationalen Masterplan und wie Deutschland sich einbringen könne, was für Chancen sich auftäten, gerade für deutsche Unternehmen, insbesondere für diese, und eben darum mache es Sinn, gemeinsam weiterzugehen.

Beseelt, berührt, euphorisch, quasi visionsbesoffen verließ ich das Kontaktpflegetreffen und stieg in den Bus, der uns zurück zum Hotel bringen sollte. Da setzte sich der Verbandspräsident zu mir. Jetzt, dachte ich, jetzt kam es. Das Finale. Der große Moment. Er wandte sich mir zu, sein graues, aber noch volles Haar elegant über den Kopf gekämmt, beinahe drapiert, der Scheitel wie mit dem Lineal gezogen, das Flair eines Staatsmannes verströmend, sein After Shave von heute Morgen die letzten verbliebenen Aerosole verbreitend, nur eine Ahnung nachhaltigen männlichen Duftes. Jede Sekunde verströmte dieser Mann eine Vollendung in Stil und Formen.

„Alsooo…", begann Wallhaar, „ich habe vor einem Jahr einen Liebherr Kühlschrank gekauft für mein Ferienhaus in Kitzbühel und habe ihn im Freien betrieben. Gut, ich weiß schon, der Kühlschrank ist nicht für den Betrieb im Freien gemacht. Steht ja so auch in der Betriebsanleitung."

Auf was läuft denn das nun hinaus, dachte ich mir. Doch er fuhr fort.

„Tja, jetzt ist er kaputt und der Händler gibt keine Kulanz. Ich weiß schon, dass Sie nicht für die Kühlschränke zuständig sind. Aber vielleicht könnten Sie da mal bei den Kollegen im Herstellerwerk etwas bewirken. So in Richtung Kulanz."

Mir fiel komplett die Klappe runter. Sprachlos. So schnell konnte ich gar nicht schlucken, wie dieses Spitzengespräch ins Bodenlose absackte. Ich sah den Mann an und im nächsten Augenblick blätterte Lack an jeder Ecke ab. Da saß ein älterer Eiferer neben mir, der aussah wie ein Pomadenhengst und mich für einen läppischen Vorteil einspannen wollte. Wie nur konnte sich dieser Mann so verhalten und in diesem Rahmen und vor dieser Kulisse mit so einer Nummer auffahren. Hatte ich überhaupt etwas entgegnet? Ich weiß es nicht mehr. Ich weiß nicht mehr, was ich geantwortet hatte, aber ich weiß ganz genau, was ich dachte. Steck dir deinen Scheißkühlschrank in deinem Kitzbüheler Ferienhaus sonst wohin. Der Präsident hatte für mich keine Kleider mehr an. Entblößen nennt man das. Entblödet hatte er sich auch.

Arabische Kühlung II

Tags darauf begann es zu regnen und ich verließ die Delegation. Die bisweilen nette, bisweilen entlarvende arabische Schauveranstaltung war für mich zu Ende. Ich hatte noch vor, mich mit unserem Schirmkunden in dessen Büro in Jeddah zu treffen. Büro war leicht untertrieben. Man betrat zunächst eine riesige Marmorhalle, links und rechts der herrschaftlichen Treppe waren große naturgetreue Modelle der Moscheen von Mekka und Medina aufgestellt und oben in den Büros schlichen ständig Diener umher.

Es war eher ein Palast. Man verhandelte, es gab Tee, dann ging der saudische Projektleiter zum Beten. Muslime beten fünfmal pro Tag und wir waren zum Nachmittagsgebet vor Ort.

„Meine Herren, bitte entschuldigen Sie, ich muss jetzt zum Gebet." Mit diesen Worten klinkte er sich inmitten intensivster Verhandlungen aus und zog sich zur Meditation zurück.

Wir hart arbeitenden Deutschen hingegen nutzten die Zeit und besprachen uns ausführlich. Erholung war das keine, im Gegenteil, unsere Adrenalinspiegel haben wir uns gegenseitig noch hochgejagt, indem wir heftig diskutierten, Wege erwogen, Lösungen bekräftigten und wieder verwarfen. Er hingegen kam zurück. Erholt. Entspannt.

Die depperten Christen, so mochte er sich im Stillen denken, diese schaffigen unermüdlichen Schwaben, haben keinen blassen Schimmer von den Segnungen des entspannenden Gebets nach dem Ruf des Muezzins.

Das regelmäßige Zwiegespräch mit Allah wirkt wohl wie Powernapping oder Turbomeditation.

So kamen wir ins Schwitzen, trotz Aircondition, in unseren Hemden und Business-Schuhen. Er verabschiedete uns dann mit einem sanften Lächeln, nicht ohne uns jede Menge harte Nüsse zum Knacken mit auf den Nachhauseweg gegeben zu haben. Da stand er in seinem traditionellen Gewand, dem weißen Qamis und der rot-weißen Kufiya auf dem Kopf, sowie mit edlen Sandalen an seinen nackten Füßen, was bei dieser Hitze angenehm luftig war. Nächstes Mal wollte ich wenigstens meine Flip-Flops mitnehmen. Oder Trekkingsandalen. Es würde ja noch ein Verhandlungsmarathon vor uns liegen.

Das Treffen war gut, hart, nervenaufreibend und doch erfolgreich und übrigens, es hatte nicht aufgehört zu regnen. Jeddah..., man denkt da an Sand, Wüste, Hitze, Glut, Durst, Kamele, Sandsturm. Aber wohl weniger an Regen. Eigentlich regnete es nie, drum lohnt sich auch keine gescheite Kanalisation, so sagte man uns. Außer vielleicht einmal im Jahr, da regnet es richtig heftig. Jetzt war einmal im Jahr. Und es regnete für zwei Jahre. Es schiffte, es goss, es kübelte. Allah entwässerte den Himmel. An Heimreisen war nicht zu denken. Wir schafften es gerade noch ins Hotel. Die Stadtmitte von Jeddah stand eineinhalb Meter unter Wasser. Die Kühlschränke in allen Erdgeschossen waren, glaube ich, alle kaputt, wie der in Kitzbühel.

*****

Wochen danach war ich mit meiner Frau unterwegs ins Lechtal. Das Wetter war herrlich, wolkenlos, Spätsommer, gleißendes Sonnenlicht, die Kühe grasten friedlich vor sich hin und käuten wieder. Wir hatten die Mountainbikes dabei und es war Samstag. Unsere Idee war, von Weissenbach eine Mountainbike Tour zu machen, die uns in ein Seitental bis nach Kelmen und um eine eindrucksvolle Bergkette mit dem sonderbaren Namen Liegfeist-Gruppe führen sollte. Abschalten, das war erklärtes Ziel und das war heute angesagt. Der Tag begann vielversprechend und wir hatten allerbeste Laune. Hinter Reutte, wir waren gerade auf dem Parkplatz angekommen, klingelte mein Handy.

Keine Ahnung, wer was von mir wollte. Ich hatte es nur eingeschalten gelassen zum Fotografieren.

„Hello Mario, this is Battr, how are you?" Es war der Boss unseres Saudi-Arabischen Großkunden, der Inhaber einer der größten Baufirmen dort, Herr über hunderttausend Arbeiter und eine richtig große Nummer. Er wollte also am Samstagvormittag kurz hinter Reutte im Lechtal neben den wiederkäuenden Kühen von mir wissen, wie es mir ginge. Alles sei gut, so berichtete ich.

„Ähh, Mario, can you come to Marocco tomorrow? We have to talk about umbrellas."

Jetzt schluckte ich gewaltig in meiner Radlhose kurz hinter Reutte im Lechtal, während meine Frau die Verzögerung nutzte, um ihren Vorderreifen noch etwas aufzupumpen. In mir pumpte es auch. Er wollte mich in Marokko treffen, dort hielt er sich wohl gerade auf. Wie sollte ich nun auf die Schnelle an einem Sonntag einen Flug aus dem Radlhelm zaubern. Aber „nein" sagen ging bei den Saudis gar nicht. Zu einem saudischen Scheich schon zweimal nicht und zu unserem Schirmkunden überhaupt nicht. Das waren die nicht gewohnt. Das Wort „no" oder „not" gibt es in deren englischem Wortschatz wohl auch gar nicht. Entweder war es noch nicht erfunden oder war schon lange ausgestorben. Also suchte ich mein Heil im Gegenvorschlag. Machte ihm klar, dass so kurzfristig ein Flug kaum verfügbar hätte sein können, und vielleicht könnten wir uns am darauffolgenden Mittwoch treffen in Jeddah. Ich hatte keine Ahnung, wann da was fliegen würde, aber ich dachte mir, der Dienstag sollte wohl reichen, um zur Not über Wladiwostok nach Jeddah zu kommen. Das würde eng genug. Gott sei Dank hatte ich noch ein saudisches Visum.

„Yes, we meet," kam es aus dem Handy „call my secretary for exact time".

Ich bedankte mich artig. Das war es.

Meine Frau stand startbereit bei ihrem Radl und blickte mich erwartungsfroh an. „Musst du gleich nach Saudi oder radeln wir noch eine Runde."

Ich lachte herzlich und wir strampelten den Lech aufwärts.

Warum macht man in einem Land Geschäfte, dessen Kultur und Menschen so gänzlich unterschiedlich sind im Vergleich zu uns? Weil man etwas kann, weil man uns braucht, weil man dort Geld verdienen kann. Oder auch verlieren kann.

Zwischen 2008 und 2010 wurden von unserem Unternehmen 250 Großschirme in der Moschee in Medina aufgestellt.

Wie sehen diese technisch aus? Die Spannweite eines Großschirmes beträgt 26 mal 26 Meter bei einem Gewicht von sechzig Tonnen. Der Antrieb ist elektromechanisch. Zudem sind verbaut 1,2 Tonnen Messing und zehn Feinunzen Gold.

Schirm allein greift zu kurz. Alle Schirme zusammen sind ein komplexes System mit Infrastruktur im Boden, Fundamenten, Kabeln, Leitungen, Anschlüssen, ein Kontrollzentrum, Visualisierungssoftware, Drainage und Entwässerung, Wasservernebelung durch am Schirm angebaute Vernebelungskühlgeräte, Wasseraufbereitung, Wetterradar und Wetterstationen im 50 Kilometer Radius um Medina. Es ist kein Bauwerk, mehr eine Maschine, eine Anlage, ein System. Wir hatten sogar eine Textilingenieurin beschäftigt, die sich mit dem Elastizitäts- und Kriechverhalten der Kunststoff-Faser-Gore-Membrane beschäftigte. Der Faden dafür wurde in der Schweiz verdrillt, gewebt und in Japan genäht.

Unser Kunde war das Unternehmen von Scheich Battr, mit ihm als oberstem Chef. Er ist einer der 54 Kinder seines Vaters Mohammed, der aus Hadramaut ("der Tod ist unter uns") stammte, einer bitterarmen Region im jemenitischen Süden der arabischen Halbinsel. Vater Mohammed verließ diese Gegend 1925 mit vierzehn Jahren, ging nach Norden und suchte Arbeit. Er betreute zunächst Pilger, kochte, arbeitete dann in einem Steinbruch, als Maurer, sparte sein verdientes Geld und machte sich 1931 selbständig im Hausbau. Später bot er seine Dienste dem Königshaus Saud an, fand die Gunst des Staatsgründers König Abdul-Aziz Ibn Saud.

1932 wurde das Königreich Saudi-Arabien ausgerufen, 1938 erstmals Öl kommerziell ausgebeutet. Saudi-Aramco wurde 1944 gegründet aus einem Konsortium von vier US-Konzernen. 1973 erwarb Saudi-Arabien 25 Prozent Anteile an Aramco und dann jedes Jahr weitere fünf Prozent. Heute ist Saudi-Aramco teilweise ein Staatsunternehmen und an der Börse gelistet.

Mohammed gründete in den dreißiger Jahren sein Bauunternehmen, erhielt mit der Renovierung der heiligen

Stätten einen Prestigeauftrag und wurde 1955 Kabinettsmitglied. Er pflegte eine enge Freundschaft mit dem König, war sehr religiös, aber kein Sektierer, mehr Kosmopolit. Er erkannte die Bedeutung von Bildung und schickte seine Kinder auf erstklassige Schulen und Universitäten. Und er war der erste Privatmann in Saudi mit einem eigenen Flugzeug. 1967 starb er bei einem Absturz. Danach führten verschiedene Söhne die Firma, 2000 übernahm Scheich Battr.

Battr war gemäßigt religiös, öffentlichkeitsscheu, international erfahren und hoch gebildet. Er führte das Bauunternehmen zu ungeheurer Größe bis auf Platz zweiunddreißig der größten saudischen Unternehmen. Battr war eng befreundet mit Prinz Charles, George W. Bush und war schließlich der Haus- und Hofbaumeister des Königshauses vor allem unter König Abdullah. Der König ist seit der Regentschaft von Fahd „The Custodian Of The Two Holy Mosques", der Beschützer der beiden Heiligtümer in Mekka und Medina.

Die Moscheen brachten unsere Firma ins Spiel. Aufs Spielfeld geholt hatte uns ein schwäbischer Architekt aus Leinfelden-Echterdingen, der sich mit Leichtbautragwerken beschäftigte und bereits viele Jahre in Saudi-Arabien tätig war. Zusammen mit einem Studienfreund hatte er in jungen Jahren am Bau von Zeltstädten für Pilger gearbeitet und so die Verbindungen zum Land vertieft. Das elektrisierte ihn und er trat schließlich zum Islam über, um vor Ort sein zu können. Da Christen in den Pilgerregionen keinen Zutritt haben, war ein Konvert für ihn unumgänglich. Doch er lebte diesen neuen Glauben auch aus Überzeugung. Sein Hauptbüro war nach wie vor in Leinfelden. Alle schwäbischen Mitarbeiter pflegten dort ihren breiten schwäbischen Dialekt und waren doch allesamt konvertiert zum Islam. Sonst kann man in den heiligen Stätten nicht arbeiten.

Mir hatte er auch den Konvert angeboten. Ginge schnell. Dann hätte ich alles vor Ort begutachten können, eine Eintrittskarte in die Moschee gehabt, die Kaaba siebenmal umrunden dürfen, diesen schwarzen von Tüchern umhüllten Kubus, den der Patriarch Abraham, der Stammvater der Muslime wie auch der Israeliten errichtet haben soll.

Genau jener Abraham aus dem Alten Testament, der nach Kanaan gehen sollte, der zwei Söhne hatte, Ismael, den Stammvater der Muslime und Isaak, den Stammvater des Judentums, dessen Mutter Sarah bei seiner Geburt schon neunzig Jahre alt gewesen sein soll und den Abraham auf Geheiß Gottes töten sollte, um seine Liebe zu Gott zu bezeugen. Das Alte Testament war verzwickt, hinterhältig und gewalttätig.

Jedes Jahr besuchen zwei Millionen Pilger Mekka und Medina. Es ist elendiglich heiß, Leute sterben an der Hitze, Schatten wird dringend gebraucht. Der Himmel Allahs darf aber nicht ständig verdeckt sein. So entstand die Idee mit den Sonnenschirmen.

Die Herausforderungen waren enorm, die Saudis knallhart und für uns war alles Neuland. Es ging hin und her. Vertraglich und kaufmännisch war der Weg nur so gespickt mit winkeligen Ecken, glattem Eis, kleinen Fallstri-

cken. Man konnte niemanden fragen. Mit unserem etwa
dreißig Köpfe zählenden Projektteam und den beiden
genialen Projektleitern tasteten wir uns ran, technisch wie
kaufmännisch und rechtlich, wurden vom Kunden getriezt,
gedrückt, gedrängt, in die Mangel genommen, drehten
Schleife um Schleife.

Nach meinem Telefonat im Lechtal flog ich also nach
Jeddah und bin zu Scheich Battrs Palast gefahren, gleich
neben dem Palast von König Abdul Aziz. Battr war noch
nicht da. Man führte mich in sein Büro, ein Audienzsaal
mit fünfhundert Quadratmetern. Am Eingang durfte ich
meine Schuhe ausziehen und da stand ich nun, ein
strumpfsockiger Allgäuer, Gott sei Dank hatten die Socken
keine Löcher, mit einem leicht abgewetzten Aktentäschle
und zwei Blatt Papier mit den wesentlichen Eckdaten für
einen 150 Millionen Euro Auftrag. Um mich herum fünfundzwanzig traditionell gekleidete Araber in Erwartung
ihres Chefs, dem Vertrauten des Königs und von wem
sonst noch und dem wollte ich erklären, wie das nun laufen könnte.

Ich schluckte, versuchte aber mir meine Nervosität
nicht anmerken zu lassen. Als er dann kam im traditionellen Gewand mit Gefolge und mit der Ehrerbietung der
Anwesenden fühlte ich mich wohler. Wir kannten uns,
hatten uns zuvor schon einige Male getroffen, in London,
in Stuttgart, dort er allein, im T-Shirt mit Jeans, ganz normal, einer wie du und ich. Ich schätzte ihn.

Wie die Verhandlung lief? Vollkommen anders als man
denken würde oder als ich dachte. Er telefonierte immer
wieder. Einer nach dem anderen der Ehrerbietigen kam zu

ihm mit unterschiedlichen Themen. Dazwischen wandte er sich immer wieder mir zu. Sein Schirmprojektleiter erklärte was nicht ginge. Ich machte ihm klar, warum doch und was nun wichtig wäre. Wieder telefonierte Battr. So ging das hin und her. Ein Spiel? Bewusst? Zermürbungstaktik? Es war mir wurscht. Ich musste nicht mal aufs Klo.

Ich wollte seine Unterschrift, hatte meine Argumente, wusste, dass ich am Ende noch einmal etwas hergeben musste. Die Verhandlungsmarge. Sie war eingerechnet. Dann geschah es.

„This is my decision", es war seine Entscheidung und er schrieb seine Preisvorstellung auf das Papier. So musste es sein. Es durfte nicht ein beiderseitiger Verhandlungserfolg, eine Einigung sein, nein, es war seine Entscheidung. Und doch genau der Betrag, den ich anvisiert hatte. Er unterschrieb. Er hatte sich für mein heimliches Verhandlungsziel entschieden. In Strumpfsocken verabschiedete ich mich von ihm und dann durften wir noch volle fünf Monate mit seinem Adlatus über den hundertseitigen Vertrag und alle anderen Punkte verhandeln.

Bereits während der Installation in Medina wurde intensiv über Mekka und noch größere Schirme diskutiert. Das war im April 2011. Tatsächlich wurde dann 2014 ein Riesenschirm gebaut mit 53 Metern Kantenlänge und einer Fläche von 2600 Quadratmetern, sechshundert Tonnen schwer, mit zwei Kilogramm Gold verziert, bei einer Membranhöhe von 45 Metern, mit Installationstunnel und Turmaufzug.

König Abdullah kündigte im Dezember 2014 an, dass dreihundert große und kleine Sonnenschirme in Mekka aufgestellt werden sollten. Das war so gut wie ein Vertrag, ein Höhepunkt, und wir voller Euphorie.

Dann starb König Abdullah Anfang 2015. Und alles war anders. Die Baustelle wurde eingestellt. Nichts ging weiter. Machtvakuum. Entscheidungsvakuum. Machtkämpfe. Mit einem Mal hatte unser Kunde keinen Zugang mehr zu den neuen Machthabern, keine Beziehung, wohl nie gehabt. Das Blatt wendete sich komplett. Ab dann war für uns Schluss. Neue Machtstrukturen entstanden. Unser Kunde gehörte ebenso wenig dazu wie viele andere aus der Zeit König Abdullahs.

Damit war Schluss mit diesem grandiosen Projekt. Die installierten Schirme in Medina funktionieren nach wie vor einwandfrei, spenden Schatten und sind von einzigartiger Schönheit.

Zum Islam bin ich übrigens nicht konvertiert. Der möglicherweise attraktive Umstand, dass ich dann durchaus mehrere Ehefrauen hätte haben dürfen, wurde neutralisiert durch die Überlegung, dass jede einen Daimler wollen könnte. Dagegen wehrt sich der gemeine Allgäuer Schwabe.

„Hai"

Frau Takatami stand am Ankunftsgate und lächelte über das ganze Gesicht. Ich wollte als polyglotter deutscher Manager natürlich gleich mal zeigen, wie ich mich auf ein Besuchsland einstimmte und entbot ihr, ebenfalls lächelnd, ein „Konnichi-va", guten Tag.

„Hello Mr. Trunzer, welcome to Japan" schmetterte sie mir in beinahe akzentfreiem Englisch mit amerikanischem Slang entgegen. Da stand also eine nette junge weltoffene Japanerin am Flughafen in Kyoto und holte mich ab. Japanerinnen sehen auch mit zunehmendem Alter meist noch recht jung aus. Das mag an den Genen oder an dieser gnadenlos gesunden Ernährung liegen. Da wird jede Geschäftsreise zum Medizinaltrip. Jedenfalls sollte man sie nicht unterschätzen, auch wenn man versucht sein wollte, ein Schulmädchen vor sich zu sehen. Da fehlt man leicht weit.

Aiyumi Takatami arbeitete seit etwa einem Jahr bei einem unserer japanischen Lieferanten. Davor hatte sie chinesische Geschichte studiert, lernte Spanisch und war in ihrer Jugend vier Jahre mit ihren Eltern in Los Angeles gewesen. Kein Wunder also, dass ihr Englisch perfekt war. Ihre Wohnung in Tokio hatte 24 Quadratmeter, ohne Küche, wie sie bereitwillig berichtete. Das sei großzügig und für eine Küche sei in den wenigsten Wohnungen Platz, meinte sie. Wohnen in Tokio sei unmäßig teuer, aber sie würde es genießen. Ihre leicht abgenutzte Kleidung stand im Gegensatz zu ihrer Weltläufigkeit und ihrer Redegewandtheit. Sie betreute mich während meines Besuches perfekt und war in vielen Themen überraschend bewandert. Selbst in Gegenwart ihrer Bosse behielt sie ihre selbstbewusste Art bei, was bei den traditionell autoritären und hierarchischen Strukturen in der japanischen Respektskultur bemerkenswert erschien.

Während meines Aufenthalts hatte ich locker etwa zehnmal meine Schuhe aus- und wieder angezogen. In den typischen japanischen Restaurants wäre alles andere auch undenkbar. Dort drinnen bewegt man sich strumpfsockend, zieht jedoch im WC Raum wiederum gesonderte Schlappen an. Höchst überraschend war jedoch, als wir beim Betreten der Produktionshalle ebenfalls auf Filzlatschen umsteigen mussten. Die Hygienekonzepte dürfen in Japan als durchwegs gnadenlos eingestuft werden. Beim Verlassen der Halle waren unsere Schuhe dann um hundertachtzig Grad in die Ausgangsrichtung gedreht. Manchen Perfektionismus vergisst man ein Leben lang nicht.

Die Freundlichkeit und die Höflichkeit waren derart durchdringend, dass ich nach zwei Tagen in Tokio gar nicht mehr anders konnte, als jede Begrüßung oder Verabschiedung mit der üblichen Verbeugung anzureichern. Ständig wird sich verbeugt. Und dann oft mehrmals. Ein unablässiges Abknicken zwischen L4 und L5, das sind der vierte und fünfte Lendenwirbel. Nur Nicken über die Halswirbelsäule gilt als sehr unhöflich. Es liegt also im persönlichen Ermessen eines jeden selbst, wo man abknickt. Als üblich und praktisch haben sich alle Bereiche in der Brust- und Lendenwirbelsäule erwiesen.

Später besuchte ich unsere Niederlassung. Dort ging es dann um Erweiterungsbauten und ich fragte den Verwaltungschef, welche Alternative wir wählen sollten.

„Herr Monura, sollen wir das Verwaltungsgebäude um fünf oder zehn Räume erweitern?"

„Hai", war seine Antwort, was so viel heißt wie „ja".

„Ja natürlich erweitern wir, ich möchte nur gerne Ihre Meinung hören." Hatte der mein Englisch womöglich nicht verstanden? „Ich möchte gerne von Ihnen wissen, was Sie meinen, ob wir um fünf Räume oder um zehn Räume erweitern sollen," versuchte ich ihm nochmals in einfachstem Englisch näher zu bringen.

„Hai".

„Ja, ja, es geht um die Frage, ob wir das eine oder das andere bevorzugen sollten. Also fünf oder zehn."

„Hai".

Ich wurde langsam wahnsinnig. „Herr Monura, fünf oder zehn Räume. Eins von beiden. Was ist Ihre Meinung?"

Es erfolgte eine Pause. Er dachte nach. Es hatte wohl geschnackelt in seinen grauen Zellen und er hatte mich verstanden. Na endlich. Ich hatte ja nicht ewig Zeit, jeden Punkt derart auszuwalzen und jedes Mal jede Entscheidung aus ihm rauszupressen, wie aus einer Zitrone. Ich nutzte diesen Moment seines Erwachens und schob aufmunternd zunickend nach, „fünf oder zehn, hä?" Er blickte nochmals leicht nach schräg oben, lachte mich an, jetzt war er sich wohl klar darüber, er freute sich, dass er mir eine eindeutige Antwort geben konnte und schmetterte mir ein fröhliches „Hai" entgegen.

Beim Abendessen hatte er mir dann in brüchigem Englisch und fast flüsternd erzählt, wie er so lebt und arbeitet. Wenn ich wieder zuhause wäre, dann würde ich meiner Frau unbedingt erzählen, wie froh sie sein kann, dass ich kein Japaner bin. Nicht, weil ich vielleicht zu allem „Hai" gesagt hätte. Ich bestimmt nicht. Wir hätten in Tokio gewohnt und ich wäre jeden Tag eine Stunde gependelt mit der S-Bahn in einer Atmosphäre wie bei Batterielegehennen. Rein in den überfüllten Zug, Handy raus, Tunnelblick, emsiges Rumtippen oder Augen zu. Abends zuhause hätte es dann so ausgesehen, dass meine Frau als „Mama san" für jeden Mann in der Familie extra gekocht hätte, schön verteilt von sechs Uhr abends bis Mitternacht, gerade so wie jedes Familienmitglied von seinem beruflichen Hamsterrad heimkäme. Meine beiden Söhne hätten dann schon auch ihre Wünsche adressiert und sie hätte japanisch kulturell korrekt „Hai" sagen müssen. Aus Sicht einer Laborratte hätte meine Frau trotzdem ein schönes japanisches Leben gehabt, denn ihr Auslauf am Wochenende wäre größer gewesen.

Am nächsten Tag machte ich mich dann auf zum Bahnhof Shinagawa, um von dort mit dem Shinkansen, dem japanischen ICE, nach Kyoto zu reisen. Es war eine bühnenreife Vorstellung, die die Bahnmitarbeiter am Bahnsteig vor den, auf den Zug wartenden Gästen ablieferten. Was da zu sehen war glich den Verrichtungen eines Zeremonienmeisters der schienengebundenen Zunft. Eine Zeremonie, die in Gestik und Körperhaltung ganz offensichtlich Zug und Bahnsteig einer Art Weihe unterzogen hatte. Beinahe wie die Wandlung beim Gottesdienst. Nur, dass es hier um die Ein- und Ausfahrt des Shinkansen ging. Und der wurde offenbar vom Offizialorgan geweiht. Das Schauspiel ließ keine andere Deutung zu. Der Ablauf ließ sich wie folgt beschreiben.

Bahnbeamter in Uniform und weißen Handschuhen blickt streng, steif und regungslos in Richtung einfahrender Zug. Zug fährt ein, Mann streckt rechten Arm aus mit Hand und Finger in Fahrtrichtung zeigend, dann im vertikalen Bogen auf das Signal deutend, das Ganze nochmal mit hörbarer Atemtechnik. „Haijj-jchaahh". Linke Hand am Hosenbund, nachkommend zum Fingerschluss mit rechter Hand und direkt auf den Zug weisend. Dabei kompetente Regungslosigkeit im Gesicht. Zug steht. Bei der Abfahrt dann die gleiche Prozedur zum zweiten Mal. Als der Zug dann den Bahnhof verlassen hatte, erfolgte der dritte und letzte Durchgang.

Jahre später habe ich auf dem Fernsehsender "Arte" in einer Dokumentation über Japan gelernt, was dahintersteckt. Der Bahnbeamte spricht sich selbst in Gedanken die einzelnen Schritte der Sicherheitsprozedur und der von ihm zu beachtenden Punkte vor und unterstreicht diese mit körperlichen Gesten. Tai-Chi am Arbeitsplatz in Vollendung. So vergisst er nichts und gewährleistet für die Fahrgäste ein Maximum an Sicherheit. Da bleibt der deutschen Gründlichkeit angesichts der Bahnsteigwurstigkeit auf den heimischen Bahnhöfen die Spucke weg, sofern überhaupt ein sich verantwortlich fühlender Mensch zu sehen wäre.

Im Zug drin verbeugte sich der Schaffner bei jedem Betreten und Verlassen des Abteils. Und ich dachte so bei mir: Zwischen den Welten liegen Welten.

Panzer

„Nuuunnn, Herr Trunzer, ich möchte Ihnen einmal das Südamerikanische näherbringen. Der treue Oreste ist so weit. Wir haben es von langer Hand vorbereitet und so soll der erste Raupenkran nach Argentinien."

Mit tiefer Stimme dozierend saß der gute Helmut Roskoff in meinem Büro.

„Die vertragliche Übereinkunft bedingt eine örtliche pfandunterlegte Besicherung," das klang wie Musik in meinen Ohren, „und dann bedarf es schlechterdings nur noch einer punktgenauen Zahlungszielmodifikation. Herr Trunzer, kommen Sie mit mir nach Argentinien!"

Das klang verdächtig. Roskoff, Vertriebsbeauftragter für Südamerika und ein Kaufmann alter Schule, der Verträge nicht unterschrieb, sondern freizeichnete und Niederschriften unterfertigte, grinste bis über beide Ohren. Die Duftmarke beim Trunzer war gesetzt und die Katze aus dem Sack. Meine Sorgen wurden zu Falten, denn ich sollte zustimmen, diesem, mir unbekannten Kunden mit dem Firmennamen Mundoga, im finanziell dahin taumelnden Argentinien eine Hausfinanzierung zu geben, voll im eigenen Risiko.

„Für Oreste lege ich meine Hand ins Feuer", meinte Helmut und seine Hand war ihm wohl nicht so wichtig. Oreste war 64, gebürtiger Sizilianer, flexibel und verlässlich, Inhaber eines großen argentinischen Kranunternehmens, lebte seit seinem sechsten Lebensjahr in Argentinien und hat dort wahrscheinlich nur dank dieser Kombination ein Dutzend Krisen als Geschäftsmann überlebt.

Helmut war ein Vertriebsprofi durch und durch. Er war seit jeher dahin gegangen, wohin ihn seine Chefs geschickt hatten. Und wenn es bis ans Ende der Zivilisation in irgendein Regenwaldgebiet sein sollte. Hauptsache, man konnte ein Geschäft auftun. Davon lebte letztlich der Erfolg. Man konnte viele schöne Abhandlungen schreiben, schlaue Sätze von sich geben und hübsche Powerpoint-Folien entwerfen, doch am Ende zählte nur eins. Verkauf die Maschine! Mach Umsatz! Hol den Auftrag! Schreib die Rechnung! Schau drauf, dass gezahlt wird! Das sind die Grundgebote des wirtschaftlichen Überlebens. Mehr nicht. Helmut wusste das, obwohl er nie studiert hatte. Dafür musste man nicht studieren. Man konnte es jederzeit auch mit dem gesunden Menschenverstand begreifen und umsetzen. Gewisse Wahrheiten hatten auch ohne Diplom immer schon Gültigkeit.

Also rein in den Flieger, auf ins Tangoland und dann abgetaucht in turmhohe Dokumentenberge, die da lauteten Pagares, Prenda di noto, Riserva legale. Erst die Arbeit und dann die Kontaktpflege. Nach dem Durchkauen und Finalisieren aller Unterlagen sollten wir mitkommen auf des Kunden Landgrundstück zum Grillen. Er lud uns ein zu sich ganz privat. Er und seine drei Söhne. Gleich hinter Buenos Aires, dort wo die Stadt noch nicht war, wo noch gar nichts war außer verkrautete Brachen und Ameisenhaufen, aber nach Meinung Orestes in fünf Jahren alles sein würde. Da hatte er Land gekauft, viel und billig. Später sollte es planmäßig teuer werden. Das war seine Strategie, seine Vision. Einfach und wirkungsvoll.

Und um es bis dahin nicht brachliegen zu lassen, bestellte er das Land. Allerdings nicht mit Agrarprodukten, kein Mais, kein Weizen, keine Gerste, sondern mit Eisenerzprodukten. Er stellte es voller Schrottfahrzeuge, ausrangierter Busse, Baugeräte, Umschlagsmaschinen. Die hatte er en gros günstig erstanden und großzügig auf einem Gelände verteilt, das gut zwanzig Fußballfelder groß war. Mit stolzem Blick wies er über seine grandiose Schrottausstellung, erklärte mir gestenreich, wo er was ergattert hatte, und Helmut übersetzte fleißig vom Spanischen ins Deutsche. Aus der Ferne sahen die bunten Fahrzeuge fast makellos aus. Für abblätternde Farbe und wuchernden Rost braucht es den nahen Blick zum Detail.

„Kein Problem, mit ein wenig Farbe sehen die aus wie neu", meinte Oreste über das ganze Gesicht grinsend. Und fahren würden die schon auch.

Argentinier haben eine gelassene Haltung zum technischen Zustand eines Fahrzeuges. Als erstes muss die Karre mal dastehen. Dann bringt man sie mit irgendwelchen Ersatzteilen irgendwie zum Fahren und dann freut man sich darüber wie ein Schneekönig. Ob der Fahrzustand dann lange anhält, ist allemal zweitrangig und im Übrigen sieht man dann schon irgendwie weiter.

Sein ganzer Stolz war ein ausrangierter amerikanischer Panzer. Ein M4 Sherman Panzer wie er leibte und rostete.

„Es war ein Gelegenheitskauf. Sehr günstig. Ich habe nur den Schrottpreis bezahlt. Aber der ist doch viel mehr wert, oder? Ich weiß noch nicht, was ich damit mache," so erklärte er mir seine Strategie.

Ein interessanter Ansatz. Er kaufte erst und überlegte danach, für was das gut sein konnte. Oreste lud mich herzlich und fröhlich ein in seinen Panzer, die alte Rostlaube. In seinen Augen wechselte der Glanz von Freude zu Überschwang. Und er hatte den größten Spaß. Was ich von dem Motor hielte? Liebherr baue doch auch Motoren. Ob Liebherr den reparieren könne oder ich ihm einen neuen Motor besorgen könne, für den Panzer, vielleicht auch einen ausrangierten Motor und ob ich glaube, dass man den Panzer zum Fahren bringen könne.

Es war ein schöner Nachmittag mit Oreste und seinen Söhnen und die Steaks waren sensationell. Mein weißes Hemd habe ich mir im Panzer rostig eingesaut, den Motor habe ich ihm nicht organisieren können, unser Geschäft lief jedoch sauber durch über all die Jahre; als es in Argentiniens Wirtschaft krachte und rumpelte blieb uns er, der Argentinier mit italienischen Clanwurzeln immer noch als Kunde treu. Er kaufte und zahlte. Ich hätte dem Geschäft nie und nimmer zugestimmt, hätte ich nicht ihn und seine Söhne, samt seinem Panzer und seinem eindrucksvollen Fuhrpark, kennengelernt.

Beim Abendessen im Bühnenrestaurant der Tangoschule „Homero Manzi" wurde dann die Freundschaft besiegelt. Und mir als überzeugtem Milch- und Wassertrinker wurde ein alkoholischer Einlauf gemacht, der sich gewaschen hatte. Die Promille mochten dann ihren Beitrag geleistet haben bei der Tangovorstellung, die mich fast vom Stuhl gehauen hätte.

Der „Tango Argentino" ist unvergleichlich. Ich habe das bis heute nicht vergessen. Was ich dort sah, waren weniger Tanzpaare als vielmehr Männer und Frauen im erotisierenden Wettstreit, im Spiel mit Extremitäten, in der gegenseitigen Provokation, eine Spannung aufbauend und diese dann mit Leichtigkeit auflösend, im wechselseitigen Wegstoßen und Heranziehen so hart wie zugleich zärtlich und lasziv. Das Gehen, Drehen, Berühren und Führen war eher Ausdruck eines Liebesdramas, einer Scheidung mit unmittelbar darauffolgender intensiver Werbung um erneute Bindung. Und das dreimal in der Minute. Man wusste nie, ob sie sich im nächsten Moment umarmen oder dem anderen ein Bein stellen wollten. Auf diese Weise trugen sie hier also den Kampf der Geschlechter aus. Wie soll man diesen Tanz mit Worten beschreiben. Man muss es mit eigenen Augen gesehen haben. Jeder Tanz schien ein Ergebnis zu haben, auf irgendetwas hinauszulaufen. Und das Ergebnis war immer unentschieden und damit vollkommen gleichberechtigt.

Carneval do Brasil

Ich habe bisher noch nichts aus Brasilien erzählt. Die närrischste Geschichte liest sich am besten an einem Rosenmontag. Geschrieben habe ich sie aber im Hilton in Sydney, weil ich nicht schlafen konnte. Globalisierung hat viele Gesichter. Im Grunde genommen ist die Story furztrocken, kompliziert und klingt nach Till Eulenspiegel. Vielleicht ließe sich eine lustige Büttenrede draus machen, hat sie doch etwas vom Karneval, aber dann müsste man das Umfeld und die Hintergründe halbwegs verstehen. Sonst lacht ja keiner.

Wir hatten im Jahr 2001 einem Kunden in Brasilien im Bundesstaat Pernambuco sieben Mobilkrane verkauft (nicht an Karneval), welche von einer deutschen Leasinggesellschaft im Rahmen eines Cross-Border-Leasing finanziert wurden. Da diese deutsche Leasinggesellschaft in Brasilien steuerlich noch nicht registriert war, hat man hilfsweise ein Sicherungsrecht zugunsten unserer brasilianischen Schwestergesellschaft eingetragen. Wir fanden das damals recht gut.

Zu Beginn zahlte der Kunde schön brav seine Raten, doch irgendwann im Laufe des Jahres 2004 nahm seine Zahlungsunlust überhand und er zeigte rückständiges Zahlungsverhalten mit fortschreitender Ausprägung. Man traf sich mit dem Kunden in Stuttgart und er meinte, der Vertrag sei zu restrukturieren wegen der schwachen brasilianischen Währung, und eigentlich könne er sowieso nicht mehr das zahlen, was vertraglich vereinbart war, weil wir ja auch viel zu gut an dem Geschäft verdient hätten, und wir hätten wissen müssen, dass man sowas auch über einen längeren Zeitraum abbezahlen könne.

Hinsichtlich der Zahlungsrückstände waren des Kunden Ohren taub und man verlor sich im „Blabla". Die Einigungsversuche führten nicht zu irgendetwas. Auch nicht zu weiteren Zahlungen, was empörend war. Deshalb versagte die Leasinggesellschaft das Freigabeansinnen des Kunden bezüglich der eingetragenen Sicherungsrechte für drei der sieben Krane, die laut Kunde angeblich voll bezahlt waren. Da König Kunde weiterhin nicht bezahlte, klagte die Leasingbank auf Zahlung in Brasilien.

So weit, so klar, nach gesundem Menschenverstand, und so naiv.

Jetzt ging es los mit Carneval do Brasil. Der Kunde wollte die Pfandrechte für die drei angeblich bezahlten Krane gelöscht haben. Der spinnt wohl, so stellte man in einem Top-Entscheidermeeting in Deutschland fest. Kurz darauf spinnte er noch mehr und klagte nun seinerseits gegen die Leasinggesellschaft und unsere Schwestergesellschaft auf Zahlung der doppelten ursprünglichen Klagesumme gegen ihn wegen moralischem, ethischem und bösartigem Rufschaden. Wir fassten es nicht, wie man derart hinterhältig kreativ sein konnte, empörten uns gewaltig und erfuhren, dass König Kunde alle Zahlungen bei der Zentralbank in der Tat auf besagte drei Krane geleistet hatte, nur war das außerhalb Brasiliens nirgendwo dokumentiert und bekannt. Für die anderen vier der insgesamt sieben Mobilkrane war kein Cent bezahlt worden. Die Leasinggesellschaft hatte alles Geld hingegen gleichmäßig auf alle Krane entsprechend den fälligen Daten zugeordnet, da sie die Zahlungsregistrierung bei der Zentralbank vorher nicht gekannt hatte. Wie wir später erfuhren, kriegt das nicht mal die CIA so ohne Weiteres raus.

Das Gericht in Recife, der Hauptstadt von Pernambuco, dem kunden-königlichen Bundesstaat im Osten Brasiliens am schönen Atlantik entschied, wen wundert`s, zugunsten des Kunden. Heftig grollend konnte man das sogar nachvollziehen. Richtigerweise erfolgte daraufhin unsererseits der Einspruch mit dem Hinweis, dass ja dann auf die verbleibenden vier Krane überhaupt gar nichts bezahlt worden war. Das wurde abgewiesen, was, wie wir einmütig fanden, richtig gemein war. Begünstigt wurde unsere Niederlage durch den Umstand, dass der Richter ein Onkel des Kunden war und dort zugleich in der Berufungskammer saß.

Wir fanden, das wäre ja wie früher in Bayern zu Franz-Josef-Strauß-Zeiten und der Streiblschen Amigopolitik. Unsere ausgefeilten Schriftsätze, in die wir zusammen mit den brasilianischen Rechtsanwälten viel Zeit und noch mehr Geld investiert hatten, waren zwar ungemein gehaltvoll und richtig gut formuliert, aber eben vollkommen wirkungslos. Was uns blieb, war ungläubig dreinzublicken und die Erschütterung unserer tief verankerten Glaubenssätze des deutschen Rechtsverständnisses stoisch hinzunehmen. Wir hatten einen richtig dicken Hals und es nützte wenig, sich über den brasilianischen Richter, der bei uns intern als gemeiner Schweinesack tituliert wurde, weiter aufzuregen. Wir gingen dann an das oberste Bundesgericht nach Brasilia und hofften darauf, dass sich dort ein Richter finden möge, dessen Opa aus Ulm ausgewandert war und der für sein Leben gern Linsen mit Spätzle isst. Die hätten wir ihm dann kistenweise geschickt.

Die Klage wurde schließlich zurückverwiesen nach Pernambuco und das wars dann. Später allerdings spielte uns das Schicksal in die Hände. Der Kunde brauchte Ersatzteile und einen Service für seine Krane. Er bat uns um Hilfe. Wenn einer einen in die Pfanne gehauen hat, dann hilft man doch gerne. Vorausgesetzt, man hat sein Geld. Und so hatten wir überaus gerne geholfen. Nach Zahlung aller offenen Raten. Das funktioniert besser als jeder Rechtsstreit und jeder Schriftsatz.

*****

Genau in jenem Land sah ein großer deutscher Stahlkonzern zur Jahrtausendwende eine große Zukunft nach seiner großen Vergangenheit. Irgendwann zum Ende des letzten Jahrtausends kamen Manager ans Ruder, die meinten, jetzt müsste man so richtig globalisieren. Man war der Überzeugung, nur in Deutschland hätte ja die Stahlkocherei wahrscheinlich wenig Zukunft. So falsch war der Grundgedanke auch gar nicht. Globalisierung war eh in Mode gekommen, im Grunde unverzichtbar und auf dieser Welle wollte verständlicherweise auch der größte deutsche Stahlkonzern mitschwimmen. So hatte man sich entschlossen, ein Stahlwerk zur Herstellung von Rohstahl gleich neben einer Erzmine in Brasilien bei Rio de Janeiro zu bauen samt Bahnlinie zum eigenen Verschiffungshafen. Von dort sollten die Rohstahlbrammen dann in die USA nach Alabama zur weiteren Veredelung verbracht werden, wo man ebenfalls ein Stahlwerk gebaut hatte. Alles zusammen hatte am Ende mehr als zehn Milliarden Euro gekostet.

Das Werk in Rio funktionierte eine schmerzlich lange Zeit gar nicht oder nur eingeschränkt. Schwarze Zahlen und gute Ergebnisse wurden nicht erzielt. Letzten Endes erwies sich der Ausflug auf den amerikanischen Kontinent als große finanzielle Belastung, weshalb beide Werke ab 2014 verkauft wurden. Es war ein herbes Verlustgeschäft und brachte den Konzern heftig ins Schlingern.

2010 war man aber noch voller Hoffnung und konnte nicht ahnen, wie übel das später werden sollte. Man dachte, das Ding in Brasilien würde schon noch laufen. Zumindest hatte man die ehrliche Absicht, es zum Laufen zu bringen und deshalb einige größere Kunden als vertrauensbildende Maßnahme eingeladen nach Santa Cruz in der Provinz Rio de Janeiro, um das Stahlwerk zu besichtigen und zu sehen, wo der Stahl, den wir kauften, herkommen sollte. Ich hatte auch eine Einladung bekommen und machte mich mit einigen anderen auf den Weg.

Dort erfuhren wir, dass man das Stahlwerk zwar in der richtigen Gegend gebaut hatte, aber der ausgewählte Platz, ein mit Mücken verseuchtes Sumpfgebiet, war eine unglaubliche bauliche Herausforderung. Da war nur der Grund billig, sonst nichts. Dann hatte man sich um die Auslegung und Anwendung der Emissionsrichtlinien und behördlichen Auflagen gestritten. Das brachte wiederum einen Teil der Bevölkerung trotz der geschaffenen Arbeitsplätze gegen die Fabrik auf. Und dann durfte man noch ausgiebig lernen, was herauskommt, wenn deutsche Gründlichkeitsvorstellungen und eine ausgeprägte deutsche Konzernbürokratie auf südamerikanische Kultur im halbtropischen Umfeld treffen, ganz zu schweigen von den miteinander verwandten brasilianischen Richtern und Beamten mit ihrer, wahrscheinlich aus Bayern exportierten Spezlwirtschaft.

Aber den größten Verzögerungsfaktor, die finale Würze der projektbedingten Schwierigkeiten für den Anlauf der Anlage, verursachte der Stahlkonzern selbst, ohne zunächst etwas zu ahnen.

Getreu der Leitlinie, dass alle Vorhaben und alle Unternehmensteile im Konzern sich dem internationalen Wettbewerb stellen müssten, hatte man die Kokerei, das ist jener Teil eines Stahlwerkes, in welchem die Kokskohle hergestellt wird, international ausgeschrieben. Dabei gab es im Konzern durchaus eine eigene versierte Baufirma für diese Anlagen. Die waren sogar ausgewiesene Spezialisten für Kokereien und hatten dann die Ausschreibung gegen einen chinesischen Anbieter mit Pauken und Trompeten verloren, da jener um 60 Millionen Euro billiger angeboten hatte. Der Auftrag ging also an den chinesischen Lieferanten. Kann man machen.

„Aber dann lief das mit unseren chinesischen Partnern gründlich schief." Der verantwortliche und überaus kompetente Projektleiter Hans Aichinger, der uns durch das Werk in Rio führte und aus Deutschland nach Brasilien geschickt worden war, um die Kohlen aus dem Feuer zu holen, blieb an der Koksofenbatterie stehen.

„Hier sollten eigentlich die fertigen Kokskuchen, die unter Luftabschluss gegarte Kokskohle, zur Weiterverarbeitung ausgedrückt werden. Eigentlich. Zu dumm nur, dass die Chinesen mit dem Bau nicht vorankommen." Er erklärte weiter, dass die Chinesen offenbar so eine Kokerei noch nie gebaut hatten.

„Das gibt natürlich keiner zu, aber wir sind ein halbes Jahr hinter dem Zeitplan und keinen Schritt weiter. Die Chinesen hängen total in der Luft und scheinen überfordert. Wir haben jetzt die Reißleine gezogen und den Vertrag mit denen gekündigt."

Aichinger hatte sich fast ein wenig in Rage geredet und erklärte uns nun, dass die vorher bei der Auftragsvergabe leer ausgegangene konzerneigene Firma nun die schöne Bescherung retten musste. Billiger wurde es nicht und schneller ging es auch nicht.

„Aber das härteste war die Sache mit den Notaus-Schaltern," erklärte Aichinger schmunzelnd, worauf wir ihm fragende Blicke zuwarfen.

„Jeder kennt die Dinger, diese leuchtenden roten Knöpfe, auf die man kräftig draufdrücken muss, um Schlimmstes zu vermeiden und dann steht die ganze Anlage. Notaus-Schalter gedrückt, Strom unterbrochen, Anlage aus."

Er machte es spannend und seine Augen blitzten spitzbübisch. Wir alle kannten doch die Funktion von Notaus-Schaltern. Auf was wollte er jetzt hinaus?

„Und was haben die Chinesen gemacht?" Er ging an einen Notaus-Schalter und schraubte ihn ab. Dahinter war nichts. Nur das blanke Schraubgewinde am Stahlkörper. Kein Anschluss. Keine Verdrahtung. Unglaublich. Bestenfalls ein Kinderspielzeug. Aichinger hatte bei diesem Job wahrscheinlich nicht viel Spaß, aber unsere ungläubigen Gesichter kostete er jetzt in vollen Zügen aus.

„So sehen die alle aus. Es gibt nicht einen einzigen angeschlossenen Notaus-Schalter. Wenigstens waren sie konsequent." Aichinger grinste, „das nennt man wohl Notaus-Fake."

Er meinte dann noch, dass der Hochofen am anderen Ende des Fabrikgeländes bereits liefe und die benötigte Kokskohle von auswärts bezogen werde, bis die Koksofenbatterie hier in Betrieb gehen würde.

Die Besuchsreise war höchst informativ und hatte mir trotz der Misere unseres Stahllieferanten gezeigt, wie engagiert die Projektleiter und Mitarbeiter bei der Sache waren, um ein gutes Ergebnis zu erzielen, zu retten, was noch zu retten war und schließlich doch nicht mehr gerettet werden konnte und wie sehr sie sich dabei gegen viele Widrigkeiten durchsetzen mussten und Hürden überwinden konnten. Aichinger und seine Mannen hatten sich unheimlich ins Zeug gelegt, um den Koksofen erstmal teilweise wieder abzureißen, dann fertigzustellen und schließlich hochzufahren. Es funktionierte, aber da war der Ausstieg im Grunde schon entschieden. Am Ende hatte man nicht 60 Millionen eingespart, sondern 1,5 Milliarden Euro draufgelegt. Allein bei diesem Projektabschnitt.

Die Stahlherstellung hat mich immer stark beeindruckt. Stahl und Eisen sind heutzutage nichts Besonderes. Eine Selbstverständlichkeit, über die man nicht nachdenkt. Doch tatsächlich stecken dahinter ausgeklügelte metallurgische Verfahren, die auf einer langen historischen Entwicklung aufbauen und denen immer noch ein wenig Alchemie anhaftet. Die Menschen, die dort arbeiten, werden gerne als Stahlkocher bezeichnet. Und gekocht wird tatsächlich. Wie bei jedem Sternekoch kommt es auf die Zutaten, die Vorbereitung, die Temperatur und die richtige Mischung an. Sogar Reduktion, wie etwa bei einer wirklich guten Soße, ist essentiell. Die Grundzutaten sind Eisenerz und Koks. Koks wird aus Kohle durch Wärmeeinwirkung unter Sauerstoffabschluss erzeugt. Genau diesen Teil hatten die chinesischen Anlagenlieferanten beim Bau des Werkes in Brasilien nicht zum Laufen gebracht.

Dann kommen Eisenerz und Koks in den Hochofen, zusammen mit wahlweise anderen „Gewürzen" wie Kalkstein, Schlackenbildner oder Calciumoxid, sowie viel heißer Luft am richtigen Platz, bis man schließlich einen Abguss machen kann. Schon darauf muss man erst mal kommen. Dieses Roheisen wird später zu Stahl veredelt. Bei der Veredelung spielen wiederum verschiedene Zutaten wie Chrom, Nickel, Vanadium oder Molybdän sowie Hitze und Kühlung in passender Dosierung eine wesentliche Rolle. Eine riesige Kochshow.

Da stand ich dann beim Rundgang am Walzwerk, in respektvollem Sicherheitsabstand zu diesem Ungetüm einer zigfach überdimensionierten Nudelmaschine. Statt Teig wurde von dieser monströsen Bügelwalze unter ohrenbetäubendem Lärm eine glühend heiße, rechteckige, einen halben Meter dicke Rohstahlmasse zwischen zwei Hochdruckwalzen vor- und zurückgeschoben. Am Ende war das Ding plattgenudelt und so dünn wie dicker Pizzateig, dafür aber zehnmal länger als vorher. Ich konnte mich kaum losreißen und kam aus dem Staunen nicht mehr raus. Was für eine Kochsinfonie! Das war „Haute Cuisine" in Eisen. Diese Stahlküche war archaisch, laut, heiß, schmutzig, nicht ohne Gefahren und zugleich hochmodern in ihrer Geräte-, Anlagen- und Steuerungsausstattung. Metallurgie ist so faszinierend wie arbeitsmarkttechnisch leider heutzutage wenig attraktiv. Manche nennen es „old economy", was irgendwie nach Aussterben klingt. Von wegen. Stahl bietet ein faszinierendes, anspruchsvolles und hochinteressantes Arbeitsfeld, auch wenn manch einer glaubt, dass bald alles aus dem 3D-Drucker kommen werde. Aber man kann nicht alles drucken, manches muss man eben auch kochen und walzen.

Die hochfesten Feinkornbaustähle, die bei den Mobilkranen zum Einsatz kommen, waren jedenfalls das Ergebnis intensiver Forschung und Weiterentwicklung über viele Jahrzehnte. Sonst würden die Krane nicht derart viel heben und sich trotzdem so leicht bewegen lassen. Ich habe mich während der Besichtigung immer wieder gefragt, wie die Menschen rückblickend im Laufe der Jahrhunderte auf die Ideen in der Eisen- und Stahlherstellung gekommen waren und wieviel Neugier und Forschergeist hierfür den

Boden bereitet haben mochten, um den heutigen Erkenntnisstand zu erreichen. Stahl ließ mich staunen und das hält an.

*****

Ich hatte an diese Besichtigungsreise dann noch einen privaten Urlaub angehängt und traf mich mit meiner Frau und ein paar anderen lieben Menschen in Rio zu einem ganz besonderen Vorhaben.

Initialzündung dieser einzigartigen Reise in eine touristisch gänzlich unberührte Ecke Brasiliens war eine freundschaftliche Verbindung mit einem früheren Kollegen bei Liebherr in Kempten. Dort arbeitete ich lange mit Hans zusammen, welcher wiederum einen Kumpel aus Memmingen namens Brasi hatte, der mittlerweile im brasilianischen Nirgendwo auf einem Sitio, einem größeren Anwesen mit ein paar Pferden und seiner brasilianischen Frau lebte.

Irgendwann einmal erzählte ich Hans von einer Kundenveranstaltung in Irland. Dort sollten wir in der Nähe von Killarney im Rahmen einer Gute-Laune-Woche mit Krankunden auf Pferden die Tour zum Gap of Dunloe machen.

Damals dachte ich mir, da reitest du mit. Um vor all den Leuten eine halbwegs gute Figur auf einem dieser verklepperten irischen Vierbeiner zu machen, habe ich von meiner lieben und reiterfahrenen Schwester einen Crashkurs bekommen. Dann wurde ich fünfzig und sie hat mir zur weiteren Motivation auch noch eine Reithose geschenkt. Das alles hatte ich Hans bei einem Bier erzählt.

„Mensch, das ist ja klasse. Ich habe da einen Freund in Brasilien, den Brasi, der sucht verzweifelt nette Leute, die ihn bei seinen Reittouren begleiten. Seine Frau ist pferdescheu und allein zu reiten, das scheut er auch."

Hans schwärmte von diesen Touren, die er mit seinem Kumpel schon mal gemacht hatte und dass es dringend einer Wiederholung bedürfe und er gleich seinen Freund deswegen mal anrufen werde. So düngte er die Idee des Außergewöhnlichen, den Plan, zwei Wochen auf der Fazienda Sitio mit Reitausflügen zu verbringen. Das Anwesen hatte der Ur-Memminger nach seiner Mutter benannt, dort wehte als Unikat eine Allgäuer Nationalflagge, die es offiziell gar nicht gab.

Wenn man von Rio de Janeiro nach Norden fährt und nach dem alten Hafen gleich scharf links abbiegt in Richtung Petropolis, dann kommt man nach vier Stunden in die Stadt Juiz de Fora. Das kann man gar nicht verfehlen, wenn man Glück hat. Von dort biegt man nach weiteren vierzig Minuten an einer Favela-Siedlung rechts zum Sitio von Brasi ab. Die Favela hatte auffallend verfallene Häuser mit auffallend neuen Fenstern. Es war der brasilianische Präsident, der seinen lieben Mitbürgern kurz vor den Wahlen neue Fenster beschert hatte. Sehr augenfällig. Bei uns gibt es Wahlgeschenke natürlich auch, aber selten als Fenstergabe. Dort also gab es weiße Fenster, wie uns Brasi erzählt hatte. Wahrscheinlich aber nur gegen Rückgabe des ausgefüllten Briefwahlzettels. Und dann wurden die Leute für die nächsten vier Jahre komplett vergessen.

Brasi's Sitio lag auf einem Hügel, wo Pflanzenvielfalt, Architektur des Anwesens, Garten- und Geländegestaltung, Kunstobjekte und die Pferdekoppelanlage eine erstaunliche Kreativität mit Liebe zum Detail und einem guten Geschmack des Wahlbrasilianers offenbarten.

Im Grunde genommen hatte Hans uns, das waren meine Schwester mit ihrem Mann und meine Frau und ich, bei Brasi eine Einladung für zwei Wochen mit Wanderreiten und Vollpension verschafft und Brasi hatte ja gesagt, weil die Reiterei seine große Leidenschaft war und er nicht gerne alleine auf seinem Pferd in der Gegend umherstreifte. So waren wir die „Glorreichen Sechs". Es ging durch Flusstäler mit tropischen Pflanzen, vorbei an Bauernhöfen, die bestenfalls Katen oder Wohnscheunen waren, über Hügel, die so trocken wie übersät mit Termitenhügeln waren, durch Bananenstaudenwälder, Tukane aufscheuchend, vorbei an aufflatternden Kanarienvögeln und Kolibris. Im Nirgendwo weit weg von Belo Horizonte. Eine artenreiche Gegend.

All das ließ sich wahrnehmen vom Rücken der Pferde. Bei mir lag dort nicht das Glück der Erde, weil nach dem ersten Tag, man saß sieben Stunden im Sattel, ich im Schritt etwas dünnhäutig geworden war und eine halbe Dose Kaufmanns Kindersalbe verbrauchen musste, um abends am Tisch sitzend weiterleben zu können. Mein Pferd hieß Qurisco und war eine Kreuzung zwischen Esel und Pferd. Damit war der Vierbeiner zu fünfzig Prozent störrisch wie ein Esel. Angeblich lieben diese reinrassigen brasilianischen Pferde der Rasse Mangalarga Marchador den Tölt, eine spezielle Gangart. Das ist eine Art Trab, nur kleinschrittiger und schneller. Es hoppelt weniger, laienhaft ausgedrückt. Beim Tölt setzt man sich hinten in den Sattel rein, drückt seinen Steiß ins Pferdekreuz und stellt sich diese Gangart dann bildlich vor. Laut Lehrbuch überträgt sich diese intensive Vorstellung über die Spiegelneuronen augenblicklich aufs Pferd.

Bei meinem eseligen Mischling habe ich mir dann am zweiten Tag an meinen Spiegelneuronen die Zähne ausgebissen. Vom ganzen Reindenken und hinten Reindrücken war ich fix und fertig als wir an Vic Noriegas Bar ankamen. Die lag im ländlichen Nirgendwo. Und weil sich die Besucherfrequenz in Grenzen hielt, hatte Vic auch nur einen einzigen Tisch für Gäste. Ansonsten verfügte er über eine kaputte Hüfte, eine nette Frau, Pratzen wie Tennisschläger und er lachte häufig und meist laut, dröhnend wie eine Tuba. Die Hüfte hätte er gerne reparieren lassen, aber dafür fehlte ihm das Geld. Vom brasilianischen Präsidenten hatte er, wie viele andere auch, neue Fenster zur bevorstehenden Parlamentswahl geschenkt bekommen. Die hätte er gar nicht gebraucht, wie er meinte. Er wollte dann die neuen Fenster gegen eine neue Hüfte tauschen, aber das ging nicht. Er hatte das sehr bedauert.

Vic war überaus glücklich, auf einen Schlag von sechs Gästen überrannt zu werden. Mir schien, das war für ihn der Umsatz einer ganzen Woche, den er da jetzt auf den Tisch bringen musste. Er und seine Frau setzten sich zu uns und trotz der unüberwindbaren sprachlichen Hürde zu seinem brasilianischen Buschdialekt verstanden wir uns auch ohne Aussprache ausgesprochen gut. Er hätte mir vielleicht helfen können bei meinen aufgescheuerten Weichteilen im Schritt. Doch echte Männer outen sich wegen so etwas nicht und so konzentrierte ich mich allein auf meine wunden Leiden und die heilsame Salbe. Auf dem Weg zurück erinnerte sich mein Gaul nicht die Bohne an die so bequeme Gangart Tölt. Obwohl Brasi meinte, der wäre besonders leicht zu reiten. Das wusste mein Pferd aber nicht. Die anderen Pferde schienen da gebildeter gewesen zu sein. Vitoria, eine schöne cremefarbene Stute, auf der meine Schwester saß, ihr Mann auf Travau, die graue anmutige Valsa meiner Frau, Hans auf seinem Lieblingspferd Chavecco, mit dem er wie mit einem Stammtischbruder umging und Brasi auf seinem Pferd Sudeste. Die „Glorreichen Sechs" mit mir auf meinem Töltverächter-Mischling.

Welche Sehenswürdigkeiten gibt es dort außer einer ursprünglichen Landschaft und der einfachen Lebensweise der Leute? In Piau eine kärgliche Bar mit kaltem Dosenbier und roten Plastikstühlen, in Sao Jao Nepomuceno eine nette Pizzeria mit absolut unempfehlenswerten Spaghetti Carbonara und in Furtado di Campo eine aufgelassene Bahnstation mit verschwundenen Schienen. Aber dort, in der Bar, die zugleich Kolonialwarenladen war, dort, an der rückwärtigen Wand, wo es zur Toilette ging, wo quasi jeder bei seinem Besuch einmal vorbeikam, wo man jeglicher Werbung ungeschützt ausgeliefert war und wo der Werbetreibende mit optimaler Wirkung rechnen durfte, dort hing ein Poster vom Schloss Neuschwanstein mit der Landschaft um Füssen im Ostallgäu. Ziemlich neu. Top konzipiert. Wunderschön. Sehr sehenswert. Was das Poster betrifft. Bereit, um auf Instagram gepostet zu werden.

Man kann sich dem Allgäu nicht entziehen. Man kommt ihm nicht aus. Nicht mal im brasilianischen Outback.

V

Im Nachhinein

Es gibt Freundschaften im Leben, die halten lange. Bei mir sind es wenige Freundschaften aus der Schulzeit, um genau zu sein zwei. Über die Jahre sind wir in Kontakt geblieben, mal häufiger, mal seltener, haben uns gegenseitig in der Entwicklung unserer Leben beobachtet, auch begleitet. Ich halte das für wertvoll und es bereichert mich. Einer der beiden war übrigens frühzeitig der Meinung, dass ich mal ein Buch schreiben würde.

Zu anderen wiederum gab es Verbindungen, die aber eher lose geblieben sind. Einer dieser Kontakte zu einem Mitschüler ist während der Jugendzeit nie unbelastet geblieben. Es blieb unverbindlicher, weniger eng, aber doch wertschätzend und schließlich freundschaftlich, vor allem später dann. Anderen Mitschülern und Freunden ging es mit ihm ähnlich. Wir hatten damals dann flapsig gemeint, er habe sich mal wieder einen „Klopfer" geleistet. Ein Klopfer, das war zu jener Zeit eine Verhaltensweise, die etwas ungelenk, wenig elegant rüberkam. Doch man tolerierte es und die gegenseitige Wertschätzung und das freundschaftliche Verhältnis blieben erhalten. Nie hätte ich damals geahnt, welche Rolle diese Verbindung noch spielen würde.

Sein Vater war eine hochgestellte Managerpersönlichkeit und sollte mich viele Jahre später bei Liebherr einstellen und einer meiner wesentlichen Förderer werden. Ohne ihn hätte ich die erzählten Geschichten wahrscheinlich nicht erleben können und mein Berufsweg hätte wahrscheinlich ganz anders ausgesehen. Inwiefern der Umstand, dass ich mit seinem Sohn zur Schule gegangen war und dass wir eine lockere Freundschaft gepflegt hatten, hierbei eine Rolle gespielt hat, weiß ich nicht. Aber gänzlich unerheblich dürfte es nicht gewesen sein.

Außer ihm gab es später noch eine Handvoll weiterer Menschen, die mir im Laufe des Berufslebens Vertrauen schenkten, mir eine Chance gaben und damit weitere Wegbereiter waren. Am Ziel sollte man nicht vergessen haben, wer einem den Start ermöglicht hat.

Man mag leicht versucht sein, einen erfolgreichen Lebenslauf vor allem im Beruf, dem eigenen Können, den eigenen Fähigkeiten und Fertigkeiten zuzuschreiben. Man war oder ist eben gut, besser als andere, das möchte man gerne glauben und sich einreden. Wahrscheinlich sicherlich leistungsbereiter, motivierter als das Gros der Mitmenschen. Intelligenter sowieso, auch wenn man sich dabei gewaltig täuschen könnte, wobei man für den eigenen Intelligenzquotient nur begrenzt etwas beitragen kann.

Zweifellos wird es in einem erfolgreichen und erfüllten Berufsleben kaum ohne bestimmte Eigenschaften, ohne einen starken Willen oder ohne eine gewisse Disziplin gehen. Was aber niemals unterschätzt werden darf, sind der rechte Förderer zur rechten Zeit, die günstige Konstellation und Glück schlechthin. Es gibt selbstgestaltende Kräfte im Leben, auf die man keinen Einfluss hat. Manches passiert eben, es geschieht einem. Ist es gut, hatte man Glück. Gerne wird es als Fortune, als günstige Fügung bezeichnet. Das hatte ich.

Ohne dieses mögen Menschen gut sein und Hervorragendes leisten und sich doch mehr oder minder vergeblich abstrampeln bis zum Ruhestand. Ohne Zweifel spielen die berufliche Tätigkeit, die damit verbundenen materiellen Segnungen und die daraus erwachsende Selbstbestätigung eine nicht zu vernachlässigende Rolle im Leben, wenn man es denn als gelungen bezeichnen wollte.

Bevor man Erlebnisse zu Papier bringt, braucht man das Glück, sie überhaupt erlebt zu haben. Deshalb möchte ich mich bei allen bedanken, die mir diese Erlebnisse ermöglicht und mich unterstützt und begleitet haben. Sie haben mir vertraut, mich immer ausgehalten und wenn nicht, dann ließen sie es mich nicht spüren oder hielten mir mein unterentwickeltes Gespür nicht vor. Und dann braucht man noch Menschen, die mit kritischem Auge auf das Manuskript schauen.

Mein bestes Korrektiv bei diesem Buchprojekt war meine Familie, die wichtigsten Lektorinnen waren meine Schwester und jeden Tag meine Frau Doris, die mich immer unterstützt hat. Nicht immer war mir in jungen Berufs- und Familienjahren bewusst, was ich an ihr habe. Jetzt schon.

Und schließlich vielen Dank an den gewogenen Leser.